Dominik Klenk | Roland Werner | Bernd Wannenwetsch

YOUBE

EVANGELISCHER JUGENDKATECHISMUS

www.fontis-verlag.com

Arbeitshinweis

Von Anfang an haben wir den YOUBE in zwei Ausgaben konzipiert. Einmal als Designausgabe (siehe Cover unten) und einmal als Nur-Text-Ausgabe. In beiden Ausgaben sind die Texte identisch. Für die Designausgabe haben wir eine intensive Bildwelt entworfen, die Haftflächen für die Lebenswelt von Teenagern schaffen soll und die die Texte visuell illustriert. In der hier vorliegenden Nur-Text-Ausgabe soll die Schlichtheit des Layouts die Texte für sich wirken lassen. Um ein gemeinsames Arbeiten zwischen den beiden Ausgaben zu ermöglichen, ist die Textverteilung pro Doppelseite jeweils inhaltsgleich. Das bedeutet, dass z. B. die Doppelseiten 16/17 oder 124/125 in beiden Ausgaben denselben Textinhalt haben.

www.meinyoube.net

Dominik Klenk | Roland Werner
Bernd Wannenwetsch

YOUBE

EVANGELISCHER JUGENDKATECHISMUS

fontis
BRUNNEN BASEL

Bibliografische Angaben der Deutschen Nationalbibliothek
Die Deutsche Nationalbibliothek verzeichnet diese Publikation in der Deutschen Nationalbibliografie; detaillierte bibliografische Daten sind im Internet über www.dnb.de abrufbar.

Die Bibelstellen wurden folgenden Übersetzungen entnommen:

Umschlaggestaltung: Carsten Waldeck
Satz: Fontis – Brunnen Basel
Druck: Finidr
Gedruckt in der Tschechischen Republik

ISBN 978-3-03848-050-1

DANKE

Es war ein wilder Ritt von der ersten Idee bis zum fertigen Buch! Ohne diese hilfsbereiten, kreativen und tatkräftigen Menschen wären wir nicht angekommen:

Anna Feuersänger, Jonny Grapentin, David Grau, Vera Hahn, Gregor Heidbrink, Anne Helke, Kerstin Jans, Kolja Koeniger, Steffanie Kress, Bernhard Meuser, Christian Meyer, Sebastian Moll, Daniel Nolte, Daniel Renz, Írisz Sipos, Hans G. Ulrich, Elisabeth Wannenwetsch, Stephan Weyer-Menckhoff, Ulrich Wilckens, Hanns Wolfsberger und Mirjam Wolfsberger.

Unser besonderer Dank gilt den Aidlinger Schwestern, der Leitung von Chrischona International und den Geschwistern der ökumenischen Kommunität OJC, die den YOUBE von Anfang an unterstützt haben!

VORWORT

You belong. You believe. You behave …
Glauben und Leben. Hoffnung und Liebe.
Jesus und du.

Herr, wohin sollen wir gehen? Du hast Worte des ewigen Lebens; und wir haben geglaubt und erkannt, dass du bist Christus, der Sohn des lebendigen Gottes.
Johannes 6,68–69

Mit diesen Worten bekennt Petrus seinen Glauben an Jesus. Und seitdem haben Menschen sich dazu bekannt: Ich gehöre zu Jesus! Ich glaube an ihn! Ich lebe nach seinem Wort.

YOU BELONG: Wir gehören zu Gott. Das macht unser Leben wertvoll in Zeit und in Ewigkeit.

YOU BELIEVE: Gott schenkt uns sein Wort. Das gibt Orientierung für unser Denken, Fühlen und Handeln.

YOU BEHAVE: Gott zeigt uns, wie das Leben gelingt. Das gibt klare Werte und Ziele, die Bestand haben.

Der evangelische Jugendkatechismus YOUBE stellt Fragen und gibt Antworten. Fragen, die junge Menschen bewegen. Antworten, die gegründet sind in der biblischen Wahrheit.

YOU BELONG: Im ersten Teil geht es um Gott selbst. Um ihn, den Vater, den Sohn, den Heiligen Geist. Und es geht darum, was er uns schenkt. Er hat uns erschaffen, er hat uns erlöst, er will uns erfüllen. Das ist das Abenteuer der Zugehörigkeit. Du gehörst nicht dir selbst. Du gehörst zu Gott.

YOU BELIEVE: Im zweiten Teil befassen wir uns mit dem Inhalt unseres Glaubens. Gott hat uns sein Wort gegeben. Das finden wir in einem einzigartigen Buch, der Bibel. Er schließt einen Bund mit uns, und er bleibt uns treu. Er gibt uns den Auftrag, seine Botschafter zu sein. Im Bekenntnis zu ihm sagen wir klar und verständlich, was unseren Glauben ausmacht.

YOU BEHAVE: Unser Glaube soll im Alltag Gestalt gewinnen. Dazu hat Gott uns Lebensregeln gegeben. Seine Gebote ermöglichen ein Leben in wahrer Freiheit. Sie zeigen uns den Weg zum Frieden und eröffnen uns ein Leben in Fülle. Darum geht es im dritten Teil.

Es ist unsere Hoffnung und unser Gebet, dass der evangelische Jugendkatechismus YOUBE viele junge Menschen ermutigt, den Reichtum des christlichen Glaubens für sich zu entdecken und Jesus Christus nachzufolgen.

Dominik Klenk | Roland Werner | Bernd Wannenwetsch

Wo gehören wir hin?

YOU BELONG

Erster Hauptteil:

Erschaffen | Erlöst | Erfüllt

Was dürfen wir glauben?

YOU BELIEVE

Zweiter Hauptteil

Bibel | Bund | Bekenntnis

Wie sollen wir leben?

YOU BEHAVE

Dritter Hauptteil

Freiheit | Friede | Fülle

INHALTSVERZEICHNIS

YOU BELIEVE 63

CREDO

Ich glaube an Gott, den Vater,
den Allmächtigen,
den Schöpfer des Himmels und der Erde.

Und an Jesus Christus,
seinen eingeborenen Sohn, unsern Herrn,
empfangen durch den Heiligen Geist,
geboren von der Jungfrau Maria,
gelitten unter Pontius Pilatus,
gekreuzigt, gestorben und begraben,
hinabgestiegen in das Reich des Todes,
am dritten Tage auferstanden von den Toten,
aufgefahren in den Himmel;
er sitzt zur Rechten Gottes,
des allmächtigen Vaters;
von dort wird er kommen,
zu richten die Lebenden und die Toten.

Ich glaube an den Heiligen Geist,
die heilige christliche Kirche,
Gemeinschaft der Heiligen,
Vergebung der Sünden,
Auferstehung der Toten
und das ewige Leben.
Amen.

Das Apostolische Glaubensbekenntnis

YOU BELONG

ERSTER HAUPTTEIL:

WO GEHÖREN WIR HIN?

Teil 1.1

ERSCHAFFEN

Wo kommen wir her,
und wo gehören wir hin?

Wir gehören zu Gott.
Bei ihm ist der Anfang.
Er ist die Quelle des Lebens.

Als seine Geschöpfe dürfen wir wissen:

Gott hat alles wunderbar geschaffen.
Gott allein führt in die Freiheit.
Gott bringt das Leben zur Entfaltung.

Teil 1.1 | No. 1

GOTT HAT ALLES WUNDERBAR GESCHAFFEN

Denn bei dir ist die Quelle des Lebens, und in deinem Lichte sehen wir das Licht.

Psalm 36,10

BIBELSTELLE

Du hast mich geschaffen – meinen Körper und meine Seele, im Leib meiner Mutter hast du mich gebildet. Herr, ich danke dir dafür, dass du mich so wunderbar und einzigartig gemacht hast! Großartig ist alles, was du geschaffen hast – das erkenne ich! Schon als ich im Verborgenen Gestalt annahm, unsichtbar noch, kunstvoll gebildet im Leib meiner Mutter, da war ich dir dennoch nicht verborgen.
Als ich gerade erst entstand, hast du mich schon gesehen. Alle Tage meines Lebens hast du in dein Buch geschrieben – noch bevor einer von ihnen begann!
Deine Gedanken sind zu schwer für mich, o Gott, es sind so unfassbar viele!

Psalm 139,13–17

Ich glaube an Gott, den Vater, den Schöpfer des Himmels und der Erde.

Aus: Das Apostolische Glaubensbekenntnis

WAS BEDEUTET DAS FÜR UNS?

Gott ist der Schöpfer allen Lebens. Wir sind von ihm gewollt. Gott kennt uns von Anfang an, schon vor unserer Geburt. Er blickt uns mit unendlicher Liebe an:

«Ich habe dich je und je geliebt, darum habe ich dich zu mir gezogen aus lauter Güte.»
Jeremia 31,3

Gottes Liebe gilt allen Menschen ohne Unterschied. Deshalb können wir uns ihm mit unserem ganzen Leben anvertrauen. Gottes Liebe trägt, auch wenn wir uns von anderen abgelehnt und ausgegrenzt fühlen. Manchmal fällt es schwer, das für uns gelten zu lassen. Das gilt gerade dann, wenn uns schlechte Erfahrungen mit anderen Menschen misstrauisch und unsicher gemacht haben.

Wenn wir aber Gottes Liebe an uns heranlassen, entwickelt sich unser Potenzial. Wir werden zu dem Menschen, den er schon immer in uns gesehen hat.

JA, ABER:

Nicht jeder ist schließlich perfekt. Auch an mir selbst gefällt mir manches nicht – zum Beispiel an meinem Körper. Bin ich etwa ein Kunstfehler Gottes? Gelten diese Zusagen auch mir?

You are
greater than
the universe /
You are brighter
than the sun /
You are deeper
than the sea /
You are love.
SEA + AIR:
You are

Der Mensch kann keinen Augenblick der Zeit erschaffen oder festhalten; sie wird ihm samt und sonders als Geschenk zuteil; genauso gut könnte er die Sonne und den Mond als sein Hab und Gut betrachten.
C.S. Lewis

ABER JA:

Unsere Vorstellungen von einem perfekten Körper oder einem erfolgreichen Leben sind geprägt von unserer Zeit, von den Schönheitsidealen der Modewelt und Castingshows. Dort muss man makellos sein, wenn man gewinnen will. Doch Gott sieht tiefer als auf die äußere Erscheinung. Bei ihm gibt es nur Originale, keine Kopien.

Viel wichtiger als äußere Schönheit oder ein Superhirn ist die Gewissheit, dass du von Gott gewollt und geliebt bist.

Jeder Mensch ist unendlich kostbar in Gottes Augen. Das gilt auch für dich.

Das Fußball-
Talent muss
wohl von Gott
gegeben sein.
Mario Götze

Teil 1.1 | No. 2

GOTT ALLEIN FÜHRT IN DIE FREIHEIT

Gott gibt uns keine Landkarte, aber er gibt uns seine Hand.
René Padilla

BIBELSTELLE

Ich bin der Herr, dein Gott,
der ich dich aus Ägyptenland,
aus der Knechtschaft, geführt habe.
Du sollst keine anderen Götter haben
neben mir.
2. Mose 20,2–3

Der Messias hat uns befreit, damit wir in wirklicher Freiheit leben.
Galater 5,1

Im Herzen eines jeden Menschen befindet sich ein von Gott geschaffenes Vakuum, das durch nichts Erschaffenes erfüllt werden kann als allein durch Gott, den Schöpfer, so wie er sich in Christus offenbart hat.
Blaise Pascal

WAS BEDEUTET DAS FÜR UNS?

Wir Menschen suchen etwas Größeres oder Höheres, das wir verehren und an das wir unser Herz hängen können. Darum geraten wir immer wieder in die Gefahr, etwas anderes als Gott ins Zentrum zu stellen. Alles, was uns Erfolg, Reichtum, Spaß, Glück oder Anerkennung verspricht, kann zum Idol, zu einem Ersatz-Gott, erhoben werden. Doch diese Dinge können nicht halten, was wir uns von ihnen versprechen.

Allein der wahre Gott, der Schöpfer des Himmels und der Erde, verdient unser Vertrauen. Er wendet sich uns Menschen freundlich zu. So wie er einst sein Volk Israel aus der Gefangenschaft führte, will er allen Menschen Freiheit schenken – Freiheit von falschen Göttern und Ideologien, Freiheit von Schuld, von Unrecht und Vergänglichkeit.

Das Gebot, keine anderen Götter zu verehren, dient auch als ein Schutz für uns. Denn die falschen Götter machen uns unfrei und binden uns an sich. Wir können nicht Gott und zugleich noch etwas anderes anbeten. Jesus sagt das deutlich:

«Niemand kann zwei Herren dienen … Ihr könnt nicht gleichzeitig für Gott und das Geld leben.»
Matthäus 6,24

Zu dir hin
hast du uns
geschaffen,
Herr,
und unruhig
ist unser
Herz, bis
es Ruhe
findet in dir.
Augustinus

JA, ABER:

Gott scheint ziemlich intolerant, wenn er keine anderen Götter neben sich gelten lässt. Kann ich mich so einem Gott wirklich anvertrauen?

Was heißt es, einen Gott haben, oder was ist Gott? Einen Gott haben heißt nichts anderes, als ihm von Herzen trauen und glauben. Allein das Trauen und Glauben des Herzens, diese beiden machen Gott und Abgott. Woran du dein Herz hängst und worauf du dich verlässt, das ist eigentlich dein Gott.
Martin Luther, Großer Katechismus

ABER JA:

Gott ist der Herr des ganzen Lebens. Die heidnischen Götter waren im Gegensatz dazu meist nur für einen bestimmten Bereich zuständig: für Regen und Sonne, Krieg und Liebe und so weiter. Diese Götter bleiben viel zu klein. Auch die philosophischen Vorstellungen von Gott bleiben immer nur Stückwerk, weil er größer ist als unsere Gedanken. Deshalb lautet das Glaubensbekenntnis des Volkes Israel:

«Höre, Israel, der Herr ist unser Gott, der Herr allein. Und du sollst den Herrn, deinen Gott, lieb haben von ganzem Herzen, von ganzer Seele und mit all deiner Kraft.»
5. Mose 6,4

Der Gott, von dem wir im Alten Testament lesen, ist derselbe Gott, von dem das Neue Testament spricht: Er hat uns als Vater geschaffen, als Sohn erlöst und führt uns als Heiliger Geist zum Leben.

Des Menschen Herz ist eine Götterfabrik.
Johannes Calvin

Dieses erste Gebot ist also eine Einladung an dich, dem wahren Gott zu vertrauen. Du kannst dein Herz nur einmal ganz verschenken, wenn du dich nicht selbst verlieren willst. Gott lässt sich nicht in einem Winkel unseres Hauses oder unseres Herzens abstellen. Er wünscht sich unsere ganze Liebe und Zuwendung, weil er selbst uns in ganzer Liebe zugewandt ist.

Teil 1.1 | No. 3

GOTT BRINGT LEBEN ZUR ENTFALTUNG

BIBELSTELLEN

So schuf Gott den Menschen als sein
Ebenbild, als Mann und Frau schuf er sie.
1. Mose 1,27

Vater unser im Himmel,
geheiligt werde dein Name.
Dein Reich komme.
Dein Wille geschehe,
wie im Himmel, so auf Erden.
Unser tägliches Brot gib uns heute.
Und vergib uns unsere Schuld,
wie auch wir vergeben
unsern Schuldigern.
Und führe uns nicht in Versuchung,
sondern erlöse uns von dem Bösen.
Denn dein ist das Reich
und die Kraft und die Herrlichkeit
in Ewigkeit. Amen.
Das Vaterunser nach Matthäus 6,9–13

Der Mensch aus Mann und Frau wird Gottes Ebenbild dadurch, dass er sein Gegenteil liebt.
Eugen Rosenstock-Huessy

WAS BEDEUTET DAS FÜR UNS?

Gott hat uns nach seinem Ebenbild geschaffen. Wir sind keine göttlichen Wesen, aber zur Gemeinschaft mit dem Schöpfer bestimmt: als Männer und Frauen. Von ihm kommen wir her, und auf ihn leben wir zu. Jedes Lebewesen hat seine eigenen optimalen Lebensbedingungen. Der Fisch schwimmt im Wasser, der Vogel fliegt in der Luft, und der Eisbär lebt im Eis. Dort können sie sich entfalten.

Mit dem Vaterunser gibt uns Jesus den Schlüssel zu den optimalen Lebensbedingungen für uns Menschen: Dieses Gebet lädt uns dazu ein, Gott als Vater anzusprechen und alle unsere Bitten, Wünsche und Nöte an ihn zu richten. Es ermutigt uns, darauf zu vertrauen, dass Gott uns versorgen wird. Es macht uns klar, dass wir Vergebung brauchen und auch anderen vergeben müssen, damit unser Leben nicht blockiert. Es schafft einen weiten Horizont von unserem Leben heute bis hinein in ein ewiges Leben. In diesem Gebet steckt die Kraft, mit der sich unser Leben täglich neu entfalten kann.

Die meisten Leute ahnen nicht, was Gott aus ihnen machen könnte, wenn sie sich ihm nur zur Verfügung stellen würden.
Ignatius von Loyola

Was nicht in meinem Plan lag, das hat in Gottes Plan gelegen. Und je öfter mir so etwas begegnet, desto lebendiger wird in mir die Glaubensüberzeugung, dass es – von Gott her gesehen – keinen Zufall gibt.
Edith Stein

JA, ABER:

Kann ich Gott als Vater vertrauen, wenn ich selbst ohne Vater aufgewachsen bin oder von meinem Vater enttäuscht wurde?

Weil ihr nun Kinder seid, hat Gott den Geist seines Sohnes gesandt in unsre Herzen, der da ruft: Abba, lieber Vater!
Galater 4,6

ABER JA:

Gott als Vater anzusprechen, hat für manche vielleicht einen bitteren Beigeschmack. Sie haben vielleicht nie einen Vater erlebt, oder ihr Vater war distanziert oder sogar abweisend und gewalttätig.

Doch Gott ist nicht einfach wie menschliche Väter. Er gibt uns mehr, als Eltern ihren Kindern geben können. Wo Liebe und Geduld von Menschen an ihre Grenze kommen, ist Gottes Liebe längst nicht am Ende.

«Denn euer Vater weiß, welche Bedürfnisse ihr habt, schon lange bevor ihr überhaupt angefangen habt zu beten.»
Matthäus 6,8

Dein himmlischer Vater kennt alle deine Bedürfnisse und Sehnsüchte. Seine Liebe und sein Ja zu dir gelten voll und ganz. Auch wenn du das vielleicht bei deinen eigenen Eltern nicht so erfahren hast.

Gottes Liebe zu entdecken hilft dir, deine Eltern auch dann als Eltern anzunehmen, wenn sie dir etwas schuldig geblieben sind.

UND WEITER?

Gibt es etwas, was Du Gott sagen willst?

Schreibe es hier auf die Seite, auf einen Block oder poste es auf der YOUBE-Website:

www.meinyoube.net

Teil 1.2

ERLÖST

Wer steht ein für mein Leben?

Jesus Christus.
Zentrum der Geschichte.
Wendepunkt der Zeit und Ziel in Ewigkeit.

Als erlöste Menschen dürfen wir wissen:

Jesus ist der Sohn Gottes.
Jesus durchbricht unsere Gottesferne.
Jesus überwindet den Tod.

Teil 1.2 | No. 1

JESUS IST DER SOHN GOTTES

BIBELSTELLE

Jesus, wer bist du?

In der Zwischenzeit saß Johannes im Gefängnis. Dort hörte er von den wunderbaren Dingen, die der Messias tat. Er schickte seine Schüler zu Jesus und ließ ihn fragen: «Bist du wirklich der, dessen Kommen angekündigt wurde, oder sollen wir warten, bis ein anderer kommt?» Jesus gab ihnen diese Antwort: «Geht zurück zu Johannes und berichtet ihm, was ihr hier gehört und gesehen habt! Erzählt ihm, was hier geschieht: Blinde können wieder sehen. Gelähmte laufen überall herum, Leprakranke sind wieder gesund und rein geworden, Gehörlose können wieder hören, ja, sogar Tote werden wieder lebendig! Und die, die arm sind, werden von der Botschaft der Hoffnung erfasst, dass Gott auf ihrer Seite ist! Ja, wer mir vorbehaltlos vertraut und an mir keinen Anstoß nimmt, der hat das wahre Glück gefunden!»

Matthäus 11,2–6

Bei Christus kann man Gott nicht verfehlen.
Martin Luther

WAS BEDEUTET DAS FÜR UNS?

Wer Jesus ist, kann man nur begreifen, wenn man versteht, was er für uns getan hat. Jesus heilt die Menschen, indem er die Beziehung zu Gott wiederherstellt. Jesus ist Immanuel. Das ist Hebräisch und bedeutet:

«Gott mit uns.»
Matthäus 1,23

Mit seinem Kommen erfüllen sich die Verheißungen der Propheten Gottes. Sie hatten den Messias (= den zum König Gesalbten) angekündigt. Dieser angekündigte Messias ist Jesus: Jesus Christus.

Jesus wendet sich allen Menschen zu: den Armen und Bedürftigen, den Blinden und den Lahmen, den verachteten Steuereintreibern wie auch den Prostituierten. Ebenso den Frommen, den Pharisäern und Schriftgelehrten.

Durch Jesus erfahren die Menschen: So ist Gott. Alle seine Heilungswunder sind Zeichen der Liebe und Größe Gottes. Wenn Jesus Blinde heilt, wird nicht nur ihr körperliches Augenlicht wiederhergestellt. Sie können nun auch in einem tieferen Sinn sehen und ihn, den Erlöser, erkennen.

Wir glauben an Gott, den Vater, den Schöpfer des Himmels und der Erde. Und an Jesus Christus, seinen eingeborenen Sohn, unsern Herrn, empfangen durch den Heiligen Geist, geboren von der Jungfrau Maria, gelitten unter Pontius Pilatus, gekreuzigt, gestorben und begraben, hinabgestiegen in das Reich des Todes, am dritten Tage auferstanden von den Toten, aufgefahren in den Himmel; er sitzt zur Rechten Gottes, des allmächtigen Vaters; von dort wird er kommen, zu richten die Lebenden und die Toten.
Aus: Das Apostolische Glaubensbekenntnis

JA, ABER:

Jesus hat manche Menschen geheilt und andere nicht. Ist das gerecht?

Habe dein Schicksal lieb, es ist der Weg Gottes mit deiner Seele.
Fjodor Dostojewski

Ich habe keine Fantasie. Ich kann mir Gott den Vater nicht vorstellen. Alles, was ich sehen kann, ist Jesus.
Mutter Teresa

ABER JA:

Die wichtigste Heilung, die Jesus bringt, ist das Verbinden der «zerbrochenen Herzen» *(Jesaja 61,1)*. Das bedeutet, heil zu werden in der Beziehung mit Gott. Jesus ist auf diese Erde gekommen als Verkörperung der Liebe Gottes zu uns.

Auch heute wirkt er auf unterschiedliche Weise. Der eine steht geheilt von seinem Krankenbett auf, der andere bleibt vielleicht bettlägerig, bekommt aber die Kraft zum Durchhalten und Trost durch den Glauben an Jesus. So handelt Gott an jedem Menschen ganz persönlich.

Die vollständige Heilung aller unserer Gebrechen wird erst in der neuen Welt Gottes, in der Ewigkeit, vollendet werden. Dann werden wir die Nähe Gottes ganz unmittelbar und direkt erfahren.

Er hat mich gesandt, den Elenden gute Botschaft zu bringen, die zerbrochenen Herzen zu verbinden, zu verkündigen den Gefangenen die Freiheit, den Gebundenen, dass sie frei sein sollen.
Jesaja 61,1

Teil 1.2 | No. 2

JESUS DURCHBRICHT UNSERE GOTTESFERNE

Also hat Gott die Welt geliebt, dass er seinen einzigen Sohn gab, damit alle, die an ihn glauben, nicht verloren werden, sondern das ewige Leben haben.
Johannes 3,16

Wir sind verlorener, als wir zugeben wollen; wir sind tiefer erlöst, als wir zu hoffen wagen.
Søren Kierkegaard

BIBELSTELLEN

DIE SIEBEN WORTE JESU AM KREUZ

«Vater, vergib ihnen, denn sie wissen nicht, was sie tun.»
Lukas 23,34

«Wahrlich, ich sage dir: Heute wirst du mit mir im Paradies sein.»
Lukas 23,43

«Frau, siehe, das ist dein Sohn!» Und: «Siehe, das ist deine Mutter!»
Johannes 19,26–27

«Mein Gott, mein Gott, warum hast du mich verlassen?»
Markus 15,34 & Matthäus 27,46

«Mich dürstet.»
Johannes 19,28

«Es ist vollbracht!»
Johannes 19,30

«Vater, in deine Hände lege ich meinen Geist.»
Lukas 23,46

WAS BEDEUTET DAS FÜR UNS?

Jesus geht stellvertretend für uns den Weg in den Tod. Er stirbt diesen Tod an unserer statt, indem er sich, mit unseren Sünden beladen, ans Kreuz schlagen lässt. Dieser Weg verlangt ihm alles ab. «Mein Gott, mein Gott, warum hast du mich verlassen?» (Markus 15,34), ruft Jesus am Kreuz. Auch in seiner Todesstunde hält Jesus an seinem Vertrauen zu Gott, seinem Vater, fest.

Mit seinem Tod am Kreuz durchbricht Jesus unsere Gottesferne. Diesen Tod der Gottesferne muss deshalb keiner mehr sterben. Für alle, die mit Jesus verbunden sind, ist der irdische Tod der Durchgang zum ewigen Leben. Sein Tod am Kreuz ist der Schlüssel, der uns die Tür zum ewigen Leben aufschließt.

An Jesus und seiner Botschaft scheiden sich die Geister – damals wie heute. Schon zu Lebzeiten ärgerten sich Menschen über ihn. Viele wollten die Vollmacht von Jesus nicht gelten lassen: «Was bildet der sich ein! Nur Gott allein kann Sünden vergeben» (Markus 2,7). Andere bestritten, dass sie einen Erlöser brauchen. Dies zeigt sich noch in der Todesstunde von Jesus. Mit ihm zusammen wurden zwei Verbrecher gekreuzigt. Der eine sagte: «Bist du nicht der Christus? Hilf dir selbst und uns!» (Lukas 23,39). Der andere erkannte seine Schuld und bat ihn: «Denk an mich, wenn du in dein Königreich kommst!» (Lukas 23,42). Ihm antwortete Jesus: «Wahrlich, ich sage dir: Heute noch wirst du mit mir im Paradies sein» (Lukas 23,43).

Die Evangelien schildern die letzten Tage und Stunden von Jesus ausführlich. «Die sieben Worte Jesu am Kreuz» sind eine Zusammenstellung der direkten Aussagen von Jesus am Kreuz aus allen vier Evangelien. Einige von ihnen sind Zitate aus Psalm 22 und zeigen, dass Jesus offenbar diesen Psalm am Kreuz gebetet und die Aussagen dieses Psalms auf sich selbst bezogen hat. In diesen Worten wird die Überwindung des Todes durch Jesus schon Jahrhunderte vorher prophetisch vorausgesagt.

JA, ABER:

Warum musste Jesus am Kreuz sterben? Hat Gott wirklich alle Schuld auf seinen Sohn laden müssen?

Nur wer ernsthaft darüber nachgedacht hat, wie schwer das Kreuz ist, kann begreifen, wie schwer die Sünde ist.
Anselm von Canterbury

ABER JA:

Die Sünde ist keine Lappalie, sondern eine tiefe Beziehungsstörung zu Gott. Alle Menschen sind in diesem Sinne Sünder, also von Gott getrennt. Aus eigener Kraft können wir uns nicht von dieser Sünde lösen. Das merken wir vor allem dann, wenn wir nicht von Dingen oder Verhaltensweisen lassen können, die wir eigentlich nicht tun wollen und die uns nicht guttun.

Nur Gott selbst kann diese Beziehungsstörung überwinden: durch Jesus, der zugleich «wahrer Mensch» und «wahrer Gott» ist.

Als wahrer Mensch steht Jesus ganz auf unserer Seite und nimmt uns und unser ganzes menschliches Wesen an, einschließlich unserer Sterblichkeit. Gleichzeitig ist Jesus wahrer Gott. Das bedeutet, dass sich Gott selbst am Kreuz für unsere Sünden und die Sünden der ganzen Welt hingibt. Am Kreuz opfert also nicht ein grausamer Vater seinen hilflosen Sohn gegen dessen Willen, sondern es ist so: Der ewige Gott gibt sich in Jesus selbst hin für unsere Rettung. Diese Liebe ist stärker als der Tod. Nur der Tod aus göttlicher Liebe kann unseren inneren Tod der Gottesferne besiegen.

Teil 1.2 | No. 3

JESUS ÜBERWINDET DEN TOD

Bei uns ist alle Tage Ostern, nur dass man einmal im Jahr Ostern feiert.
Martin Luther

BIBELSTELLE

Inzwischen war auch Maria zum Grab zurückgekehrt und blieb voll Trauer davor stehen. Weinend schaute sie in die Kammer und sah plötzlich zwei weiß gekleidete Engel an der Stelle sitzen, wo Jesus gelegen hatte; einen am Kopfende, den anderen am Fußende. «Warum weinst du», fragten die Engel. «Sie haben meinen Herrn weggenommen, und ich weiß nicht, wo sie ihn hingebracht haben», antwortete Maria aus Magdala. Als Maria sich umblickte, sah sie Jesus vor sich stehen. Aber sie erkannte ihn nicht.
Er fragte sie:
«Warum weinst du, und wen suchst du?»
Maria hielt Jesus für den Gärtner und fragte deshalb: «Hast du ihn weggenommen? Dann sag mir doch, wohin du ihn gebracht hast. Ich will ihn holen.» – «Maria!», sagte Jesus nun. Sie wandte sich ihm zu und rief: «Rabbuni!» Das ist Hebräisch und heißt: «Mein Meister.»

Johannes 20,11–16

Wer Ostern kennt, kann nicht verzweifeln.
Dietrich Bonhoeffer

WAS BEDEUTET DAS FÜR UNS?

Jesus Christus wurde von den Toten auferweckt. Das ist die Grundlage des christlichen Glaubens. Die Auferstehung ist nicht einfach eine Fortsetzung des alten Lebens, sondern der Anfang einer neuen Schöpfung. Alle Schriften im Neuen Testament bezeugen: Jesus blieb nicht im Tod. Sie alle berichten: Das Grab war leer. Doch das allein überzeugte die Jünger von Jesus noch nicht. Dazu brauchte es die persönliche Begegnung mit dem auferstandenen Jesus. So erkannte Maria aus Magdala Jesus erst, als er sie mit ihrem Namen ansprach.

Gott hat seinen Sohn Jesus von den Toten auferweckt. Damit setzte er sein Siegel unter alles, was Jesus getan und gesagt hatte. Weil Jesus lebt, sind wir auch heute mit ihm verbunden. Nicht nur, wenn wir gemeinsam einen Gottesdienst feiern, sondern mitten im Alltag. Auch wenn wir ihn heute nicht mit unseren Augen sehen können, ist Jesus nahe bei uns. Unzählige Menschen haben es immer wieder persönlich erfahren: Jesus lebt.

Ist jemand in Christus, so ist er eine neue Schöpfung.
2. Korinther 5,17

JA, ABER:

Ist die Auferstehung von Jesus wirklich passiert?

The greatest
day in history
Death is beaten
You have
rescued me
Sing it out,
Jesus is alive.
Tim Hughes
und
Ben Cantelon:
Happy Day

Jesus spricht:
«Ich bin die
Auferstehung
und das Leben.
Wer an mich
glaubt, der wird
leben, auch
wenn er stirbt;
und wer da lebt
und glaubt an
mich, der wird
nimmermehr
sterben.»
Johannes 11,25

ABER JA:

Kaum ein Ereignis in der damaligen Zeit wurde von so vielen Menschen bezeugt wie die Auferstehung von Jesus.

Viele waren sogar bereit, ihr Leben für diese Wahrheit einzusetzen. Auch die Jünger Jesu. Dabei hatten sie das überhaupt nicht erwartet. Zunächst zweifelten sie an den Berichten der Frauen, denen Jesus zuerst erschienen war. Doch dann wurden auch sie vom auferstandenen Jesus überrascht. Gerade die nüchternen Erzählungen der Evangelien zeigen das.

Die Wirklichkeit der Auferstehung zeigt sich in der Kraft des auferstandenen Jesus. Sie machte aus der Gruppe verängstigter Jünger eine Gemeinschaft todesmutiger Zeugen. Sie trugen die bahnbrechende und frohe Botschaft vom auferstandenen Erlöser in die ganze Welt hinaus. Jeder Mensch kann etwas von dieser Wirklichkeit erfahren.

Jesus lebt, mit ihm auch ich!
Tod, wo sind nun deine Schrecken?
Er, er lebt und wird auch mich
von den Toten auferwecken.
Er verklärt mich in sein Licht;
dies ist meine Zuversicht.
Christian Fürchtegott Gellert

UND WEITER?

Was fasziniert Dich an Jesus? Was findest Du merkwürdig?
Schreibe es hier auf die Seite, auf einen Block oder poste es auf der YOUBE-Website:

www.meinyoube.net

Teil 1.3

ERFÜLLT

Wer weist uns den Weg?

Der Heilige Geist.
Er gibt Orientierung.
Durch ihn erleben wir Gottes Gegenwart.

Als von ihm berührte Menschen dürfen wir wissen:

Der Heilige Geist macht lebendig.
Der Heilige Geist führt in die Wahrheit.
Der Heilige Geist schafft Gemeinschaft.

Ich glaube an den Heiligen Geist, die heilige christliche Kirche, Gemeinschaft der Heiligen, Vergebung der Sünden, Auferstehung der Toten und das ewige Leben.
Aus: Das Apostolische Glaubensbekenntnis

Teil 1.3 | No. 1

DER HEILIGE GEIST MACHT LEBENDIG

BIBELSTELLEN

Gott hat uns nicht gegeben den Geist der Furcht, sondern der **Kraft** und der Liebe und der Besonnenheit.
2. Timotheus 1,7

Ich will euch ein anderes Herz und einen neuen Geist geben. Ich nehme das versteinerte Herz aus eurer Brust und gebe euch ein lebendiges Herz. Mit meinem Geist erfülle ich euch, damit ihr nach meinen Weisungen lebt, meine Gebote achtet und sie befolgt.
Hesekiel 36,26–27

❶Komm herab, o Heilger Geist, der die finstre Nacht zerreißt, strahle Licht in diese Welt.
Komm, der alle Armen liebt, komm, der gute Gaben gibt, komm, der jedes Herz erhellt.

❷Höchster Tröster in der Zeit, Gast, der Herz und Sinn erfreut, köstlich Labsal in der Not,
in der Unrast schenkst du Ruh, hauchst in Hitze Kühlung zu, spendest Trost in Leid und Tod.

❸Komm, o du glückselig Licht, fülle Herz und Angesicht, dring bis auf der Seele Grund.
Ohne dein lebendig Wehn kann im Menschen nichts bestehn, kann nichts heil sein noch gesund.

WAS BEDEUTET DAS FÜR UNS?

Der Heilige Geist ist die dritte Person des drei-einen Gottes. Er ist Gott selbst und wird mit dem Vater und dem Sohn angebetet. Er ist der lebensschaffende Geist, der schon bei der Schöpfung der Welt aktiv war. Der Heilige Geist ist wie eine sprudelnde Quelle, die uns immer neu erfüllt und erfrischt.

Der Heilige Geist ist die Gegenwart Gottes in unserem Leben. Er beruft, begabt, leitet, ermutigt, korrigiert und erfüllt uns, wenn wir uns für ihn öffnen. Ohne den Geist Gottes können wir nicht als Christen leben. Er ist es, der uns mit Jesus und dem Vater verbindet. Er ist es, der in uns den Glauben weckt und uns zum Tun des Guten befähigt. Der Heilige Geist schenkt uns die innere Gewissheit, dass nichts und niemand uns aus Gottes Hand reißen kann, nicht einmal der Tod.

«Der Geist selbst gibt Zeugnis unserm Geist, dass wir Gottes Kinder sind. Sind wir aber Kinder, so sind wir auch Erben.»
Römer 8,16–17

Wo Gottes Geist uns berührt, da wächst in uns die Kraft, Jesus nachzufolgen und nach seinem Vorbild zu leben.

❹ Was befleckt ist, wasche rein, Dürrem gieße Leben ein, heile du, wo Krankheit quält.
Wärme du, was kalt und hart, löse, was in sich erstarrt, lenke, was den Weg verfehlt.

❺ Gib dem Volk, das dir vertraut, das auf deine Hilfe baut, deine Gaben zum Geleit.
Lass es in der Zeit bestehn, deines Heils Vollendung sehn und der Freuden Ewigkeit.

Amen. Halleluja.

Stephen Langton

JA, ABER:

Manchmal fühlt sich mein Leben öde, langweilig und verbraucht an. Kann der Heilige Geist wirklich etwas in mir erneuern?

Der Heilige Geist ist immer auf Sendung. Doch müssen wir unsere Antennen auf Empfang stellen, um unter den vielen lauten Stimmen in der Welt die feinen Impulse des Geistes Gottes wahrzunehmen.
Quelle unbekannt

ABER JA:

Entscheidend ist nicht, was du in einem einzelnen Augenblick fühlst. Unsere Gefühle sind schwankend. Entscheidend ist, dass Gottes Geist da ist. Er wirkt nicht immer auf spektakuläre Weise wie im Feuerbrausen unter den Jüngern an Pfingsten. Oft ist sein Wirken eher wie ein Windhauch: kaum merklich – und doch real.

Gott arbeitet oft im Verborgenen. Nicht selten sind es die anderen, die gute Veränderungen an uns bemerken. Wir können den Heiligen Geist nicht mit Gewalt herbeiziehen. Aber wir können ihm Raum geben in unserem Leben. Der Apostel Paulus rät uns:

«Seid nicht träge in dem, was ihr tun sollt. Seid brennend im Geist.»
Römer 12,11

Teil 1.3 | No. 2

DER HEILIGE GEIST FÜHRT IN DIE WAHRHEIT

BIBELSTELLEN

Gott hat uns nicht gegeben den Geist der Furcht, sondern der Kraft und der Liebe und der **Besonnenheit**.

2. Timotheus 1,7

Wenn aber der Tröster kommen wird, den ich euch senden werde vom Vater, der Geist der Wahrheit, der vom Vater ausgeht, der wird Zeugnis geben von mir. Und auch ihr seid meine Zeugen.

Johannes 15,26–27

WAS BEDEUTET DAS FÜR UNS?

Der Heilige Geist verleiht Durchblick:
Einsicht, Wahrheit und Klarheit.

Er macht uns wachsam gegenüber dem Zeitgeist und sensibel für die Wahrheit. Er befähigt uns, als Zeugen für Jesus zu leben und für das einzutreten, was wahr und gerecht ist.

Wir sind täglich Einflüssen und Einflüsterungen von allen Seiten ausgesetzt. Darum ist die Fähigkeit, Wahrheit und Lüge zu unterscheiden, so wichtig. Der Geist Gottes will uns diese Gabe schenken. So werden wir fähig, nicht einfach nur mit dem Strom zu schwimmen.

Gottes Geist hilft uns, die Heilige Schrift zu verstehen. Er hilft uns, die Worte von Jesus in unserem Herzen und Denken zu bewahren. So werden wir fähig, für die biblische Wahrheit einzutreten und die Botschaft von Jesus Christus anderen weiterzusagen.

O komm, du Geist der Wahrheit, und kehre bei uns ein, / verbreite Licht und Klarheit, verbanne Trug und Schein. / Gieß aus dein heilig Feuer, rühr Herz und Lippen an, / dass jeglicher getreuer den Herrn bekennen kann.
Philipp Spitta

JA, ABER:

Die Wahrheit der anderen zu respektieren und tolerant zu sein, ist eine wichtige Sache. Behauptet das Christentum wirklich, die Wahrheit zu kennen?

Aber wenn er kommen wird, der Geist, der voll Wahrheit ist, dann wird er euch an der Hand nehmen und in die vollkommene Wahrheit hineinführen.
Johannes 16,13

Jesus spricht: «Der Heilige Geist, den euch der Vater an meiner Stelle als Helfer senden wird, er wird euch an all das erinnern, was ich euch gesagt habe, und euch meine Worte erklären.»
Johannes 14,26

ABER JA:

Gottes Geist will uns in alle Wahrheit leiten (Johannes 16,13). Nicht wir sind es, die sich die Wahrheit ausdenken. Stattdessen führt Gottes Geist uns auf einen Weg, auf dem wir immer mehr seine Wahrheit entdecken. Jesus sagt nicht: «Ich habe die Wahrheit!», sondern:

«Ich bin der Weg und die Wahrheit.»
Johannes 14,6

Wahrheit ist also nicht etwas, das wir besitzen können. Sondern: Jesus selbst ist die Wahrheit in Person.

Wer das entdeckt hat, der kann auch andere Meinungen und Standpunkte achten und stehen lassen. Dann ist es möglich, eine feste Überzeugung und Glaubensgewissheit zu haben und gleichzeitig anderen gegenüber tolerant und respektvoll zu sein.

Wer also bittet: «Komm, Heiliger Geist», muss auch bereit sein zu bitten: «Komm und störe mich, wo ich gestört werden muss!»
Wilhelm Stählin

Teil 1.3 | No. 3

DER HEILIGE GEIST SCHAFFT GEMEINSCHAFT

BIBELSTELLEN

Gott hat uns nicht gegeben den Geist der Furcht, sondern der Kraft und der **Liebe** und der Besonnenheit.

2. Timotheus 1,7

Dann erschien etwas, das aussah wie Flammen, die sich zerteilten, wie Feuerzungen, die sich auf jeden Einzelnen von ihnen niederließen. Und alle Anwesenden wurden vom Heiligen Geist erfüllt und fingen an, in anderen Sprachen zu sprechen, wie der Heilige Geist es ihnen eingab.

Apostelgeschichte 2,3–4

Setzt alles daran, dass die Einheit, wie sie der Geist Gottes schenkt, bestehen bleibt durch den Frieden, der euch verbindet. Gott hat uns in seine Gemeinde berufen. Darum sind wir ein Leib. In uns wirkt ein Geist, und uns erfüllt ein und dieselbe Hoffnung. Wir haben einen Herrn, einen Glauben und eine Taufe.

Epheser 4,3–5

WAS BEDEUTET DAS FÜR UNS?

Der Heilige Geist verbindet die Menschen, die an Jesus Christus glauben, zu einer Gemeinschaft. Pfingsten ist der Tag, an dem der Heilige Geist auf die Nachfolger von Jesus herabkam. Das ist der Geburtstag der christlichen Kirche.

An diesem Tag hörten alle Menschen, die aus ganz unterschiedlichen Ländern zusammengekommen waren, das Lob Gottes in ihren eigenen Sprachen (Apostelgeschichte 2). Dieses Wunder ist Gottes Antwort auf die Verwirrung der Sprachen beim Turmbau zu Babel, als die Menschen einander nicht mehr verstehen konnten (1. Mose 11).

Der Heilige Geist verbindet Menschen aus ganz unterschiedlichen Völkern und Kulturen miteinander. Er verbindet uns mit der weltweiten Familie der Christen. In der Gemeinde sollen die sonst üblichen Machtverhältnisse keine Rolle spielen. So wie in einem Körper alle Körperteile wichtig sind, so ist es auch im «Leib Christi». Leib Christi nennen wir die große Gemeinschaft aller Menschen, die zu Jesus gehören. Jeder kann und soll sich mit den Gaben einbringen, die ihm gegeben sind, und sich an den Gaben freuen, die andere einbringen.

JA, ABER:

Die Christen sind zersplittert in viele Glaubensrichtungen und Konfessionen! Oft sind sie sich doch gar nicht einig, und erst recht nicht «eins»! Können wir die Unterschiedlichkeit der Kirchen und Gemeinden überhaupt akzeptieren?

Weck die tote Christenheit
aus dem Schlaf der Sicherheit,
dass sie deine Stimme hört,
sich zu deinem Wort bekehrt.
Erbarm dich, Herr.

Schaue die Zertrennung an,
der sonst niemand wehren kann;
sammle, großer Menschenhirt,
alles, was sich hat verirrt.
Erbarm dich, Herr.

Otto Riethmüller: Sonne der Gerechtigkeit

ABER JA:

Die Vielfalt der verschiedenen christlichen Gemeinschaften und Kirchen in aller Welt ist ein Geschenk. So kann jede Kultur, Sprache und Gruppe den Glauben an Jesus Christus auf ihre eigene Art ausdrücken und leben: Afrikanische Tänze, europäische Kathedralen, orientalische Liturgien, charismatische Erneuerung, neue Jugendgemeinden – all das sind unterschiedliche Ausdrucksformen des einen christlichen Glaubens. Dennoch bleibt es eine schmerzende Wunde, dass die christlichen Kirchen sich immer noch nicht alle gegenseitig anerkennen.

Hoffnungsvoll stimmt aber, dass sich seit etwa hundert Jahren viele Kirchen aufeinander zubewegen. Christen aus den verschiedenen Traditionen und Kirchen erkennen einander immer mehr als Brüder und Schwestern an. Das bewirkt der Heilige Geist.

Wir müssen
miteinander
selig werden.
Wir müssen
miteinander zu
Gott gelangen,
miteinander
vor ihn
hintreten.
Wir sollen nicht
einer ohne den
anderen dem
guten Gott
begegnen.
Was würde er
wohl sagen,
wenn wir einer
ohne den
anderen
zurückkehrten?
Charles Péguy

UND WEITER?

Wo hast Du den Heiligen Geist schon mal vermutet oder gespürt?
Schreibe es hier auf die Seite, auf einen Block oder poste es auf der YOUBE-Website:

www.meinyoube.net

ZWEITER HAUPTTEIL:

WAS DÜRFEN WIR GLAUBEN?

Teil 2.1

DIE BIBEL

DAS BUCH DES LEBENS

Wo finde ich Worte des Lebens?

In der Bibel.
Sie erzählt vom Anfang und vom Ende.
Sie erzählt von Gott.
Ihre Botschaft geht unter die Haut
und macht lebendig.

Darum leben wir mit der Heiligen Schrift:

Die Bibel – eine Botschaft, die allen gilt.
Die Bibel – ein Wort, das ewig bleibt.
Die Bibel – ein Kompass, der uns Richtung gibt.

Teil 2.1 | No. 1

DIE BIBEL

EINE BOTSCHAFT, DIE ALLEN GILT

BIBELSTELLEN

Herr, wohin sollen wir gehen? Du hast Worte des ewigen Lebens.

Johannes 6,68

Immer wieder hat Gott schon vor unserer Zeit auf vielfältige Art und Weise durch die Propheten zu unseren Vorfahren gesprochen. Doch jetzt, in dieser letzten Zeit, sprach Gott durch seinen Sohn zu uns. Durch ihn schuf Gott Himmel und Erde, und ihn hat er auch zum Erben über alles eingesetzt. In dem Sohn zeigt sich die göttliche Herrlichkeit seines Vaters, denn er ist ganz und gar Gottes Ebenbild. Sein Wort ist die Kraft, die das Weltall zusammenhält.

Hebräer 1,1–3

Nicht die Armut unseres Herzens, sondern der Reichtum des Wortes Gottes soll unser Gebet bestimmen.
Dietrich Bonhoeffer

Das gesamte Buch Gottes ist aus Gottes Geist hervorgegangen und ist deshalb nützlich zur Unterweisung, zur Offenlegung der Schuld, zur Korrektur und zur Erziehung zu einem Leben in Gerechtigkeit …
2. Timotheus 3,16

WAS BEDEUTET DAS FÜR UNS?

Die Bibel ist Gottes Botschaft für alle Menschen. Wie in einer Bibliothek enthalten ihre einzelnen Schriften eine breite Palette von Texten:

Da gibt es Familiendramen, Poesie, Lieder, Gesetze, Gleichnisse, Gebete und prophetische Visionen – entstanden über einen Zeitraum von mehr als zweitausend Jahren. In allem begegnet uns ein und dieselbe Botschaft. Es ist ein und derselbe Gott, von dem die ganze Bibel spricht.

Der rote Faden, der sich durch alle biblischen Bücher zieht, ist Gottes Geschichte mit uns Menschen. Es ist die Geschichte von seiner Treue, die bleibt, auch wenn wir ihm untreu sind.

In den Geschichten der Bibel spiegelt sich unser menschliches Leben mit all seinen Irrungen und Wirrungen wider. Oft können wir uns selbst in Menschen wiedererkennen, von denen die Bibel berichtet.
So wird unser Leben in den weiten Horizont der Geschichte Gottes mit den Menschen gestellt.

Die Bibel erzählt von der Schöpfung, von der Rebellion der Menschheit und von der Versöhnung durch Jesus Christus.

Das Alte Testament schaut nach vorn auf das Kommen des Messias.
Das Neue Testament erzählt von Jesus und bezeugt ihn als Messias. Er ist das Zentrum der Heiligen Schrift.

Jesus Christus, wie er uns in der Heiligen Schrift bezeugt wird, ist das eine Wort Gottes, das wir zu hören, dem wir im Leben und im Sterben zu vertrauen und zu gehorchen haben.
Barmer Theologische Erklärung, 1. These

JA, ABER:

Gerade im Alten Testament geht es manchmal ganz schön brutal zu. Hat das denn für uns heute noch irgendeine Bedeutung?

Die Bibel ist der Liebesbrief Gottes an uns.
Søren Kierkegaard

Lebe das, was du vom Evangelium verstanden hast. Und wenn es noch so wenig ist. Aber lebe es.
Frère Roger

ABER JA:

Die Menschen, von denen wir in der Bibel lesen, hatten ähnliche Sorgen, Nöte, Hoffnungen und Sehnsüchte wie wir heute. Sie benahmen sich keineswegs immer vorbildlich. Die Bibel berichtet das ungeschönt. Sie zeigt aber auch, was Gott zu ihrem Verhalten sagt.

Die Bibel berichtet zum Beispiel davon, wie König David die Frau eines anderen Mannes verführt und sich anschließend in ein Lügengespinst verstrickt, das in einem Mordkomplott endet. Wir erfahren, wie Gott Klartext mit ihm redet, wie David bereut, Vergebung erfährt und dennoch die Folgen seiner Tat tragen muss (2. Samuel 11–12). David verarbeitet diese Erfahrung in einem Psalmgebet (Psalm 51).

Die Tatsache, dass Gott solche unvollkommenen Menschen wie ihn in seinen Dienst ruft, kann auch uns ermutigen.

Und: Dass im Alten Testament von Kriegen und Katastrophen berichtet wird, zeigt nur, wie unsere Welt wirklich ist. Dass Gott dabei auf der Seite der Schwachen und Unterdrückten ist, wird immer wieder deutlich. Auch wenn der Schöpfer und Herr der Welt immer wieder Grund dazu hatte, Menschen und Völker zu richten und zu strafen, bleibt die Grundmelodie auch im Alten Testament:

«Barmherzig und gnädig ist der Herr, geduldig und von großer Güte!»
Psalm 103,8

Teil 2.1 | No. 2

DIE BIBEL

EIN WORT, DAS EWIG BLEIBT

BIBELSTELLE

Du aber sollst an dem festhalten, was du gelernt und worauf du dein Vertrauen gesetzt hast. Du weißt ja, wer deine Lehrer waren. Und du kennst auch von klein auf die heiligen Schriften. Daraus kannst du die nötige Weisheit erhalten, um durch den Glauben an Christus Jesus gerettet zu werden. Dazu ist jede Schrift nützlich, die sich dem Wirken von Gottes Geist verdankt. Sie hilft dabei, recht zu lehren, die Irrenden zurechtzuweisen und zu bessern. Und ebenso dazu, die Menschen zur Gerechtigkeit zu erziehen.
Damit ist der Mensch, der sich Gott zur Verfügung stellt, gut ausgerüstet. Er ist auf alle Aufgaben seines Dienstes vorbereitet.

2. Timotheus 3,14–17

Die Heilige Schrift sollte unser Wörterbuch, unsere Sprachkunst sein, worauf alle Begriffe und Reden der Christen sich gründeten, woraus sie bestünden und zusammengesetzt würden.
Johann Georg Hamann

WAS BEDEUTET DAS FÜR UNS?

Im Lesen der Bibel begegnet uns Gott. Ihre Worte haben Kraft. Sie bringt uns mit ihm in Verbindung und verändert alle, die sie lesen.

Die Bibel ist nicht vom Himmel gefallen. Sie wurde von Menschen geschrieben, die von Gottes Geist inspiriert waren. Dieselbe Inspiration durch Gottes Geist brauchen wir auch heute, wenn wir die Bibel lesen. Sonst bleibt sie toter Buchstabe, mit dem man alles Mögliche machen kann: sich selbst beruhigen, sich selbst bestätigen oder andere kritisieren.

Wir dürfen um den Heiligen Geist bitten, der Augen, Ohren und Herzen aufschließt, damit uns die Bibel tatsächlich zum lebendigen Wort Gottes wird: überraschend, herausfordernd, unerschöpflich, immer neu. Gottes Wort tut, was es sagt:

«Und Gott sprach, es werde Licht, und es ward Licht.»
1. Mose 1,3

Das galt damals, das gilt heute und wird in Ewigkeit gelten.

«Ihr durchforscht die heiligen Schriften, denn ihr seid der Auffassung, dass sie das ewige Leben beinhalten. Ja, das stimmt. Es sind genau diese Schriften, die mich [Jesus] bestätigen!»
Johannes 5,39

Ich glaube, dass ich nicht aus eigener Vernunft noch Kraft an Jesus Christus, meinen Herrn, glauben oder zu ihm kommen kann; sondern der Heilige Geist hat mich durch das Evangelium berufen, mit seinen Gaben erleuchtet, im rechten Glauben geheiligt und erhalten.
Martin Luther

JA, ABER:

Wie soll ich mir das vorstellen: die Bibel wurde von Gott eingegeben, wenn sie doch von Menschen geschrieben wurde? Geht das zusammen?

Ihr Christen habt in eurer Obhut ein Dokument mit genug Dynamit in sich, die gesamte Zivilisation in Stücke zu blasen, die Welt auf den Kopf zu stellen, dieser kriegszerrissenen Welt Frieden zu bringen. Aber ihr geht damit so um, als ob es bloß ein Stück guter Literatur wäre, sonst weiter nichts.
Mahatma Gandhi

ABER JA:

Die Bibel ist nicht direkt von Gott diktiert, sondern von Menschen geschrieben, die vom Geist Gottes inspiriert waren. So ist sie gleichzeitig Menschenwort und Gotteswort. Ein Brief von Paulus ist ein Brief von Paulus. Aber Gott legt durch den Geist seine Autorität darauf und macht diese menschlichen Worte zu seinem Wort.

Vielleicht hilft der Vergleich mit einem Liebeslied, das ein Junge für sein Mädchen singt. Auch wenn Worte und Melodie ursprünglich von einem bekannten Pop-Sänger stammen, wird es, wenn der Junge es singt, zu seinem Lied. Und das Mädchen hört beides darin: Die Stimme des Sängers, der das Lied geschrieben hat, und die Stimme des Jungen, der es für sie singt.

So ähnlich ist es mit der Bibel: Gott gebraucht die Worte von ganz unterschiedlichen Menschen und spricht uns durch sie an. Dass Gottes Geist die Entstehung der Bibel gelenkt und die Verfasser geleitet hat, sehen wir auch daran, dass viele Voraussagen und Verheißungen aus dem Alten Testament im Leben Jesu erfüllt wurden.

Die Heilige Schrift lesen heißt, von Christus Rat holen.
Franz von Assisi

Teil 2.1 | No. 3

DIE BIBEL

EIN KOMPASS, DER UNS RICHTUNG GIBT

BIBELSTELLE

Wie kann ein junger Mensch sein Leben meistern? Dadurch, dass er sich nach deinem Wort richtet. ...
Ich habe dein Wort im Herzen bewahrt, damit ich mich nicht gegen dich verfehle.
Über deine Anweisungen will ich nachdenken und auf die Pfade schauen, die du empfiehlst.
Über deine Gesetze freue ich mich sehr.
Lass mich dein Wort nicht vergessen!
Öffne mir die Augen! So sehe ich die Wunder, die durch deine Weisung geschehen sind.

Psalm 119,9–18

Die Bibel ist nicht dazu da, dass wir sie kritisieren, sondern dazu, dass sie uns kritisiert.
Søren Kierkegaard

WAS BEDEUTET DAS FÜR UNS?

Die Bibel ist ein Liebesbrief Gottes an uns, von dem wir nie genug bekommen können. Wenn wir sie so lesen, werden wir aus dem Staunen nicht herauskommen.

Die Bibel ist der sicherste Weg, um Gott zu finden und von ihm gefunden zu werden.

Sie ist ein Wegweiser für unser ganzes Leben. Wir lernen, Gott zu lieben, indem wir auf sein Wort hören und danach handeln.

Gottes Wort leuchtet wie eine Laterne im Dunkeln, zeigt uns, wo wir stehen und wohin der Weg geht. Eine Laterne ist kein Fernlicht. Wir können damit nicht den ganzen Weg vor uns ausleuchten. Ähnlich ist es mit der Bibel: Oft finden wir darin gerade so viel Wegweisung, wie wir für den nächsten Schritt brauchen. Außerdem verstehen wir durch das Lesen der Bibel Gottes Sicht auf die Welt und unser Leben. Wir lernen sein Wesen und seinen Willen immer besser kennen.

Dein Wort ist meines Fußes Leuchte und ein Licht auf meinem Weg.
Psalm 119,105

Es tut uns gut, wenn wir die Bibel persönlich lesen. Am hellsten strahlt sie aber, wenn wir sie zusammen mit anderen lesen und darüber sprechen. So vermeiden wir einseitige Sichtweisen und gedankliche Sackgassen.

JA, ABER:

Macht es denn wirklich Sinn, die Bibel gemeinsam zu lesen?
Da prallen doch nur unterschiedliche Meinungen aufeinander, oder?

Die meisten Menschen haben Schwierigkeiten mit den Bibelstellen, die sie nicht verstehen. Ich für meinen Teil muss zugeben, dass mich gerade diejenigen Bibelstellen beunruhigen, die ich verstehe.
Mark Twain

ABER JA:

Unterschiedliche Ansichten können sich ergänzen. Gerade durch persönliche Rückfragen und Antworten anderer erschließt sich der Text in größerer Breite und Tiefe. Wir helfen einander, die Bibel besser zu verstehen.

Gleichzeitig gibt es in der Kirche immer wieder Streit um die richtige Auslegung. Eine Ermutigung für uns in allen Streitfragen ist die Tatsache, dass Jesus selbst für die Einheit seiner Nachfolger gebetet hat:

«Sie alle sollen eins sein, genauso wie du, Vater, mit mir eins bist.»
Johannes 17,21

Eine wichtige Brücke zueinander bilden die Glaubensbekenntnisse. Sie helfen uns, die Hauptwahrheiten der Bibel zu fassen und einzuordnen.

Das Buch der Bücher gleicht einer Quelle, die beständig fließt und umso reichlicher strömt, je mehr man daraus schöpft.
Johannes Chrysostomos

UND WEITER?

Welches Wort aus der Bibel hat Dich schon mal angesprochen?
Schreibe es hier auf die Seite, auf einen Block oder poste es auf der YOUBE-Website:

www.meinyoube.net

Teil 2.2

DER BUND

GEMEINSCHAFT MIT GOTT

Wie können wir treu sein?

Gott ist treu: auf immer und ewig.
Sein Ja zu uns: tief wie das Wasser.
Seine Gemeinschaft: kraftspendend wie das Brot.

Darum leben wir mit den drei Gestalten des Bundes:

Das Versprechen: Gott verbündet sich mit uns.
Die Taufe: Der neue Bund wird besiegelt.
Das Abendmahl: Der ewige Bund wird gefeiert.

Teil 2.2 | No. 1

DAS VERSPRECHEN

GOTT VERBÜNDET SICH MIT UNS

BIBELSTELLE

Mose bestieg den Berg, um Gott zu begegnen. Der Herr rief ihm vom Berg aus zu: «Richte den Israeliten, den Nachkommen Jakobs, diese Botschaft von mir aus: Ihr habt selbst gesehen, was ich mit den Ägyptern gemacht habe. Ich habe euch sicher hierher zu mir gebracht, wie ein Adler, der seine Jungen trägt. Wenn ihr nun auf mich hört und euch an den Bund haltet, den ich mit euch schließen will, dann werde ich euch aus allen Völkern auserwählen. Mir gehört die ganze Welt, aber ihr seid in besonderer Weise mein Eigentum.»

2. Mose 19,3–5

Gott will, dass alle Menschen gerettet werden und zur Erkenntnis der Wahrheit gelangen.
1. Timotheus 2,4

WAS BEDEUTET DAS FÜR UNS?

Gott sucht die enge Verbindung zu uns Menschen, obwohl wir immer wieder Schuld auf uns laden. Jeder von uns ist Teil von Gottes Geschichte. Diese Verbindung bekräftigt er in dem Bund, den er mit uns schließen will:

«Ich will euer Gott sein, und ihr sollt mein Volk sein.»
3. Mose 26,12

Dieser Bund gilt unbedingt und unverbrüchlich. Das Alte Testament erzählt von verschiedenen Bundesschlüssen. Es berichtet mehrfach davon, wie die Menschen den Bund mit Gott brechen, indem sie sich anderen Göttern zuwenden. Doch Gott hält in unzerbrechlicher Treue an seinem Volk Israel fest. Oft muss er sein Volk wegen dessen Ungehorsam und Ungerechtigkeit richten und bestrafen. Doch auch sein Gericht ist letztlich ein Ausdruck seiner Barmherzigkeit. Es ist der Ruf an sein Volk, wieder zu ihm zurückzukehren.
Gott sagt durch seine Propheten voraus, dass er einen neuen, ewigen Bund schenken wird. Durch Jesus erfüllen sich diese Verheißungen. Dieser neue Bund gilt allen. Am Kreuz gibt Jesus sein Leben für die ganze Menschheit. Jetzt gehören alle durch den Glauben an ihn zu seinem Volk. Dieser neue Bund Gottes mit uns wird in der Taufe besiegelt. Und im Abendmahl feiern wir ihn immer wieder neu.

SCHÖPFUNGSBUND

Gott schließt einen Bund mit Noah und seinen Nachkommen. Er gibt die Menschen nicht auf. Er will, dass wir leben.

Gott hat alles gut geschaffen. Doch durch die Sünde kommt ein Bruch in die Schöpfung. Tod und Zerstörung machen sich breit. Davon erzählen die ersten Kapitel der Bibel. Die Menschen missachten Gott und ihre Mitmenschen, Bosheit nimmt überhand. Daraufhin sendet Gott eine große Flut. Nur Noah und seine Sippe überleben.

Doch Gottes Zorn ist nicht sein letztes Wort. Auch sein Urteilsspruch ist eingebettet in sein Erbarmen. So schließt Gott mit Noah einen Bund und verspricht: «Nie wieder will ich alles Leben auslöschen, wie ich es getan habe!» (1. Mose 8,21). In alle Zukunft lässt er die Sonne aufgehen über Böse und Gute. Dies spiegelt sich im Regenbogen, den Gott als Zeichen für diesen Bund einsetzt – kleine Tropfen, in denen sich das Sonnenlicht farbig bricht, während sie die Erde tränken. Der Regenbogen zeigt: Gott will das Leben für alle seine Geschöpfe.

Info:
Die ganze Geschichte wird erzählt in 1. Mose 6–9.

GLAUBENSBUND

Gott schließt einen Bund mit Abraham und seinen Nachkommen. Er erfüllt seine Versprechen. Er will, dass wir ihm vertrauen.

Gott schließt mit Abraham einen Bund, der weite Kreise zieht. Gott verspricht ihm Nachkommen – so unzählig viele, wie Sterne am Himmel stehen. Der Sternenhimmel wird zum Zeichen für Gottes Bund. Abraham vertraut darauf, dass Gottes Versprechen sich erfüllt, selbst wenn es aller menschlichen Erfahrung widerspricht. Denn er ist schon alt und noch immer kinderlos. Abrahams Glaube besiegelt den Bund. So wird Abraham zum Stammvater nicht nur für das Volk Israel, sondern für alle, die sich im Glauben auf Gott verlassen.

Info:
Die ganze Geschichte wird erzählt in 1. Mose 15 und nacherzählt in Römer 4,13–24.

SINAIBUND

Gott schließt einen Bund mit Mose und seinem Volk: Er nimmt uns ernst. Er will uns als verantwortliches Gegenüber.

Gott führt die Israeliten aus der Gefangenschaft in Ägypten. Auf der langen Wanderung durch die Wüste schließt Gott einen Bund mit dem Volk. Auf dem Berg Sinai empfängt Mose die steinernen Tafeln mit den Zehn Geboten. Sie sind das sichtbare Zeichen des Bundes und ermöglichen das Zusammenleben in Frieden und Gerechtigkeit. Die steinernen Tafeln werden von da an in der «Bundeslade» aufbewahrt. So ist das Zeichen des Bundes vom Sinai immer gegenwärtig und erinnert daran, dass Gott sein Volk segnen und auf guten Wegen leiten will. Auch wenn die Zehn Gebote zuerst nur dem Volk Israel gegeben wurden, gelten sie allen Menschen. Sie zeigen uns, wie unser Leben gelingen kann.

Info:
Die ganze Geschichte wird erzählt in 2. Mose 19. In Teil 3 des YOUBE werden die Zehn Gebote erklärt.

DER NEUE UND EWIGE BUND

Gott sendet seinen Sohn zu unserer Erlösung. Gott macht ein für alle Mal deutlich: Er will sich auf ewig mit uns versöhnen.

Das auserwählte Volk Israel wendet sich immer wieder von Gott ab. Doch Gott bleibt treu, auch wenn wir Menschen untreu sind. Schon im Alten Testament wird ein zukünftiger Bund verheißen, der für immer bestehen soll (Jeremia 31,31–34): im Kommen des Messias, der das Verlorene sucht und das Verirrte zurückbringt (Hesekiel 34,16). Jesus ist dieser Messias. Er ist der versprochene Retter der ganzen Welt. Am Kreuz hat Gott die endgültige Versöhnung mit den Menschen bewirkt. Dieser Bund gilt für Menschen aus allen Völkern und allen Zeiten. Es ist der «neue» Bund. Weil Jesus von den Toten auferstanden ist und in Ewigkeit lebt, bleibt dieser Bund auf ewig bestehen.

«Messias» ist das hebräische Wort für «Christus» und meint «Gesalbter». Im Alten Israel wurden Könige, Priester und Propheten gesalbt. Mit dem Begriff «Messias» verbindet das Volk Israel die Hoffnung auf einen ganz besonderen Gesandten Gottes, der diese drei Ämter in sich vereinigt und für alle Zeiten Frieden, Versöhnung und Gerechtigkeit bringt, für Israel und die ganze Welt.

JA, ABER:

Warum geht Gott im Alten Testament nur mit Israel ein besonderes Verhältnis ein? Hat Gott denn auch uns und alle anderen Völker im Blick?

ABER JA:

Gott hat die Nachkommen von Abraham, Isaak und Jakob zu seinem Volk auserwählt. Das heißt nicht, dass sie besser sind als andere oder dass sie die Welt erobern sollen. Ihre Aufgabe ist es, Gott treu zu sein und sein Wort zu bewahren.

Gott hat aber von Anfang an alle Menschen im Blick. Schon an vielen Stellen im Alten Testament ist das deutlich zu sehen. So sagt der Prophet Jesaja als Sprachrohr Gottes über den kommenden «Knecht Gottes», den Messias:

«Du sollst nicht nur die zwölf Stämme Israels wieder zu einem Volk vereinigen und die Überlebenden zurückbringen. Dafür allein habe ich dich nicht in meinen Dienst genommen, das wäre zu wenig. Nein – ich habe dich zum Licht für alle Völker gemacht, damit du der ganzen Welt die Rettung bringst, die von mir kommt!»
Jesaja 49,6

Teil 2.2 | No. 2

DIE TAUFE

DER NEUE BUND WIRD BESIEGELT

BIBELSTELLE

Ihr wisst doch, was bei der Taufe geschehen ist: Wir sind auf den Namen Jesu Christi getauft worden und haben damit auch Anteil an seinem Tod. Durch die Taufe sind wir also mit Christus gestorben und begraben. Und wie Christus durch die Herrlichkeit und Macht seines Vaters von den Toten auferweckt wurde, so sollen auch wir ein neues Leben führen. Denn wie wir seinen Tod mit ihm geteilt haben, so haben wir auch Anteil an seiner Auferstehung.

Römer 6,3–5

Ein Sakrament ist, wo Himmel und Erde sich berühren.
(Vgl. S. 92)

Die Taufe ist nicht allein schlicht Wasser, sondern sie ist das Wasser in Gottes Gebot gefasst und mit Gottes Wort verbunden.

Martin Luther

WAS BEDEUTET DAS FÜR UNS?

Die Taufe ist das Siegel auf den Bund, den Gott mit uns am Kreuz geschlossen hat. Im Glauben sagen wir Ja zu diesem Bund: «Denn wer glaubt und getauft ist, der wird gerettet werden» (Markus 16,16).

Jesus hat seinen Jüngern aufgetragen, Menschen in der ganzen Welt zum Glauben an ihn und zur Nachfolge zu rufen und das durch die Taufe zu besiegeln:

«Gehet hin und machet zu Jüngern alle Völker: Taufet sie auf den Namen des Vaters und des Sohnes und des Heiligen Geistes und lehret sie halten alles, was ich euch befohlen habe.»
Matthäus 28,19–20

Jesus selbst hat die Taufe eingesetzt. Sich im Wasser zu reinigen ist eine ganz alltägliche Sache. Doch zusammen mit der Zusage Gottes: «Dir sind deine Sünden vergeben!», wird die Taufe zu einem klaren, starken Zeichen: Gott nimmt uns in seinen Bund auf. Wir dürfen seine Kinder sein.

In der Taufe werden wir mit dem Tod und der Auferstehung von Jesus verbunden. Durch die Taufe wird unsere persönliche Lebensgeschichte in diesen Strom der Liebe Gottes eingetaucht: «Ich habe dich bei deinem Namen gerufen, du gehörst zu mir» (Jesaja 43,1). Durch den Glauben und die Taufe werden wir zu Gottes Kindern, Teil seiner Familie, der Gemeinschaft aller Christen: in der Gemeinde vor Ort und in der weltweiten Kirche.

JA, ABER:

In manchen Kirchen und Gemeinden werden vor allem Säuglinge und Kleinkinder getauft und in anderen meist Jugendliche und Erwachsene. Ist beides gültig?

SAKRAMENTE

Gottes Gegenwart spüren

Sakramente sind von Jesus selbst eingesetzte Handlungen der Kirche, durch die Gott auf geheimnisvolle Weise wirkt und uns seine Liebe und Treue spüren lässt. Dabei verbinden sich alltägliche Elemente des Lebens wie Wasser, Brot und Wein mit besonderen Versprechen Gottes. In den evangelischen Kirchen gelten die Taufe und das Abendmahl als Sakramente. In der katholischen Kirche zählen noch andere Handlungen wie Beichte oder Priesterweihe hinzu. Wichtig ist die Tatsache, dass wir bei der Feier der Sakramente sicher sein dürfen, dass Jesus uns ganz nahe kommt und uns gibt, was wir zum Leben brauchen.

ABER JA:

In der Taufe kommen zwei Dinge zusammen: Gottes Ja zum Menschen und das Ja des Menschen zu Gott.

Dass in vielen christlichen Kirchen Menschen schon als Säuglinge getauft werden, spiegelt die Tatsache wider, dass wir uns Gottes Liebe nicht verdienen können. Bevor wir uns für Gott entscheiden, hat er sich bereits für uns entschieden. Jesus ist am Kreuz für uns gestorben «als wir noch Sünder waren» (Römer 5,8). Eltern, die ihre Kinder als Säuglinge taufen lassen, möchten, dass sie mit dieser Zusage Gottes und dem guten Einfluss der christlichen Gemeinde aufwachsen. Zusammen mit den Paten und der ganzen Gemeinde sprechen sie stellvertretend für ihre Kinder das Ja zum Bund mit Gott. Dieses Ja können die Kinder später – zum Beispiel bei der Konfirmation – für sich selbst erneuern.

Auf der anderen Seite taufen viele Gemeinden vor allem Jugendliche und Erwachsene. Hier tritt das Ja des Menschen zum Bund mit Gott stärker in den Vordergrund. Gott erwartet unsere Zustimmung. In dieser Tradition bekennt der Täufling vor der Gemeinde seinen Glauben öffentlich. Auch Jesus selbst, seine Jünger und viele der ersten Christen ließen sich als Erwachsene taufen. Das Neue Testament berichtet aber auch davon, dass sich ganze Familien mitsamt ihren Kindern und Verwandten taufen ließen.

Für beide Taufformen gibt es also gute Gründe. Letztlich kommt es darauf an, dass wir beide Seiten im Blick behalten: das unverdiente Ja Gottes zu uns und das notwendige Ja des Menschen zu einem Leben mit Gott.

Teil 2.2 | No. 3

DAS ABENDMAHL

DER EWIGE BUND WIRD GEFEIERT

BIBELSTELLE

Denn ich habe von dem Herrn empfangen, was ich euch weitergegeben habe: Der Herr Jesus, in der Nacht, da er verraten ward, nahm er das Brot, dankte und brach's und sprach: Das ist mein Leib, der für euch gegeben wird; das tut zu meinem Gedächtnis. Desgleichen nahm er auch den Kelch nach dem Mahl und sprach: Dieser Kelch ist der neue Bund in meinem Blut; das tut, sooft ihr daraus trinkt, zu meinem Gedächtnis.

1. Korinther 11,23–25

Info:
Die ganze Geschichte wird erzählt in Lukas 22,15–20.

Die christliche Kirche ist die Gemeinde von Brüdern und Schwestern, in der Jesus Christus in Wort und Sakrament durch den Heiligen Geist als der Herr gegenwärtig handelt.

Aus: Barmer Theologische Erklärung, 3. These

WAS BEDEUTET DAS FÜR UNS?

Seit Jesus von den Toten auferstanden ist, feiern Christen in aller Welt das Abendmahl: Sie schauen zurück auf sein Selbstopfer am Kreuz. Sie schauen voraus auf seine Wiederkunft. Sie schauen sich um und freuen sich an der Gemeinschaft mit allen anderen, die auch zu Jesus gehören und mit ihnen am Tisch sind.

Im Abendmahl feiern wir den neuen, ewigen Bund, den Gott durch Jesus mit uns geschlossen hat. Jesus selbst lädt zum Abendmahl ein. So wie das Volk Israel auf seiner Wanderung durch die Wüste vom Manna ernährt wurde, ist das Abendmahl Wegzehrung auf unserem Weg des Glaubens. Im Abendmahl wird uns auch die Vergebung Gottes zugesprochen. Diese Vergebung ist so gewiss, wie wir Brot und Wein schmecken, wenn wir kauen und schlucken.

Das Abendmahl wird unterschiedlich benannt. Manche sprechen vom «Brotbrechen», andere vom «Herrenmahl», wieder andere verwenden das lateinische Wort «Kommunion» (Gemeinschaft) oder das griechische Wort «Eucharistie» (Danksagung). Entscheidend ist nicht die Wortwahl, sondern die Gemeinschaft, die Christen in diesem Mahl mit ihrem Herrn und untereinander feiern. In der Gemeinschaft der begnadigten Sünder, die sich am «Tisch des Herrn», am Altar, versammeln, fallen alle Schranken, die Menschen sonst voneinander trennen. Egal, wer wir sind und woher wir kommen, was zählt, ist, dass wir der Einladung von Jesus folgen und uns gegenseitig als Schwestern und Brüder erkennen und anerkennen.

Jesus und seine Gemeinde gehören so eng zusammen wie die Glieder eines Leibes. Im Brot, das wir brechen und teilen, verschenkt sich Jesus selbst an uns. Er fügt uns zusammen zum sichtbaren «Leib Christi», zu seiner Gemeinde. Der Kelch, aus dem wir trinken, nimmt uns hinein in Gottes Liebesbund mit der Menschheit, den Jesus durch seine Treue bis in den Tod besiegelt hat.

JA, ABER:

Ich kann mir nicht vorstellen, beim Abendmahl tatsächlich das Blut von Jesus zu trinken. Darf ich trotzdem mitmachen?

Jesus Christus spricht: Ich bin das Brot des Lebens. Wer zu mir kommt, den wird nicht hungern; und wer an mich glaubt, den wird nimmermehr dürsten.
Johannes 6,35

Wenn wir nach Vergebung unserer Sünde verlangen, wenn wir Kraft zum Glauben, zur Liebe und zum Gehorsam gegenüber Gott haben möchten, dann sollten wir keine Gelegenheit auslassen, das Abendmahl zu empfangen.
John Wesley

ABER JA:

Beim letzten gemeinsamen Abendessen mit seinen Schülern spricht Jesus von seinem Körper, der zerbrochen wird, und von seinem Blut, das für uns vergossen wird (Matthäus 26,27–28). Damit weist er voraus auf seinen stellvertretenden Tod am Kreuz. Beim Abendmahl steht beides, Wein und Brot, gemeinsam für das Leben, das Jesus für uns hingegeben hat. Er selbst ist im Abendmahl gegenwärtig und begegnet uns. Das gilt auch dann, wenn wir es in dem Moment nicht spüren.

Am Abendmahl wird die Menschheit bis zum Ende ihrer Tage zu kauen haben.
Gregor Brand

UND WEITER?

Welche guten Gründe fallen Dir dafür ein, dass Gottes Bund auch für Dein Leben wichtig ist? Schreibe es hier auf die Seite, auf einen Block oder poste es auf der YOUBE-Website:

www.meinyoube.net

Teil 2.3

DAS BEKENNTNIS

CHRISTSEIN MIT HERZ, MUND UND HÄNDEN

Warum ist meine Stimme wichtig?

Gerufen zur Antwort auf Gottes Ruf
tragen wir seinen Ruf hinaus in die Welt
und rufen auch für die, die keine Stimme haben.

Darum leben und bekennen wir mutig:

Das Bekenntnis zu Gott:
Glaube, der sich auf ihn verlässt.

Das Bekenntnis vor der Welt:
Hoffnung, die ansteckt.

Das Bekenntnis der Tat:
Liebe, die anpackt.

Teil 2.3 | No. 1

DAS BEKENNTNIS ZU GOTT

GLAUBE, DER SICH AUF IHN VERLÄSST

BIBELSTELLEN

Denn wenn du mit deinem Munde bekennst, dass Jesus der Herr ist, und in deinem Herzen glaubst, dass ihn Gott von den Toten auferweckt hat, so wirst du gerettet. Denn wenn man von Herzen glaubt, so wird man gerecht; und wenn man mit dem Munde bekennt, so wird man gerettet.

Römer 10,9–10

Sünden bekennt man unter vier Augen, Nöte kann man einem kleinen Kreis sagen, die Siege Christi bekennt man öffentlich.
Otto Riecker

Wenn wir aber unsere Sünden bekennen, dann erfüllt Gott seine Zusage treu und gerecht: Er wird unsere Sünden vergeben und uns von allem Bösen reinigen.

1. Johannes 1,9

WAS BEDEUTET DAS FÜR UNS?

Das Bekenntnis des Glaubens ist unsere Antwort auf Gottes Zuwendung zu uns. Wir sind dazu gerufen, Gott mit unserem ganzen Leben zu bekennen: mit Herzen, Mund und Händen. Der Glaube an Jesus wurzelt in unserem Herzen und bewährt sich im Reden und im Handeln. Deshalb hat unser Glaube eine persönliche und eine öffentliche Seite.

Im Gebet, im Gespräch mit Gott, können wir echt und ehrlich sein. Wir können ihm ungeschminkt unsere Not, Verzweiflung und Ängste sagen, ebenso wie unsere Hoffnungen, Sehnsüchte und Freuden. Wir dürfen ihm ehrlich bekennen, wo etwas in unserem Leben nicht in Ordnung ist.

Mit unserem Mund sprechen wir unseren Glauben aus. Wir bekennen, auch vor anderen: «Ja, Jesus ist der Herr – mein Herr!» Dieses öffentliche Bekenntnis erfordert Mut. Es wird dann glaubwürdig, wenn unser Leben, unser Reden und unser Handeln unsere Überzeugung bestätigen.

Nun danket alle Gott
mit Herzen, Mund und Händen.
Der große Dinge tut
an uns und allen Enden.
Martin Rinckart

JA, ABER:

Ich weiß, dass ich oft Mist baue. Vergibt Gott mir denn wirklich?

Christus steht nicht hinter uns als unsere Vergangenheit, sondern vor uns als unsere Zukunft.
Friedrich von Bodelschwingh

Herr, ich habe meine Schuld heruntergeredet und sie geleugnet, sie verdrängt und anderen angedichtet; ich habe mit ihr kokettiert und gespielt. Sie hat mich verwundet, gezeichnet und müde gemacht. Da wusste ich noch nicht, dass du sie geschenkt haben wolltest.
Bernhard Meuser

ABER JA:

Gott sieht auf unser Herz und hört auch das leise Gebet unseres Herzens. Er vergibt uns, wenn wir ihm unsere Verstrickungen und Verfehlungen bekennen. «Wo aber die Sünde mächtig geworden ist, da ist doch die Gnade noch viel mächtiger geworden» (Römer 5,20). Manchmal fällt es uns schwer, das anzunehmen. Dann ist es gut, wenn ein anderer Christ uns Gottes Vergebung persönlich zuspricht.

In vielen Gottesdiensten wird ein allgemeines Sündenbekenntnis gesprochen. Auch dort dürfen wir den Zuspruch der Vergebung für uns annehmen. Hilfreich ist auch die persönliche Beichte, bei der wir einem anderen Christen vor Gott unsere Sünden bekennen. Hier können wir Gottes Kraft und Befreiung erfahren. Indem wir unsere Schuld beim Namen nennen, werden die Isolation und der Teufelskreis der Sünde durchbrochen. Bei Jesus ist immer wieder ein neuer Anfang für uns möglich.

Sünde ist keine Eigenschaft, sondern eine Gefangenschaft.
Johann Christoph Blumhardt

Teil 2.3 | No. 2

DAS BEKENNTNIS VOR DER WELT

HOFFNUNG, DIE ANSTECKT

Singt dem Herrn ein neues Lied, denn er tut Wunder.
Psalm 98,1

BIBELSTELLEN

Wem das Herz voll ist, dem geht der Mund über.
Matthäus 12,34

Ihr werdet die Kraft des Heiligen Geistes empfangen, der auf euch kommen wird, und werdet meine Zeugen sein.
Apostelgeschichte 1,8

Why should the devil have all the good music?
Larry Norman

Seid immer dazu bereit, denen Rede und Antwort zu stehen, die euch nach eurem Glauben und eurer Hoffnung fragen.
1. Petrus 3,15

Die Christenheit kommt in jeder Generation mindestens einmal an den Punkt, wo sie nicht hinnehmen darf, was geschieht.
Jörg Zink

WAS BEDEUTET DAS FÜR UNS?

Wenn wir den Glauben an Jesus im Herzen tragen, dann kommt auch etwas davon bei anderen an. Wir können unseren Glauben im persönlichen Gespräch bekennen. Auch in Lobliedern drücken wir unser Bekenntnis aus. Gemeinsam Gott zu loben macht Freude und ist eine Einladung an andere, in dieses Lob mit einzustimmen.

Das erste und grundlegende Glaubensbekenntnis der Christen heißt:

«Jesus ist der Herr.»
Philipper 2,11

Die späteren, ausführlicheren Glaubensbekenntnisse fassen die Botschaft der Bibel komprimiert zusammen. Sie entstanden, um festzuhalten, was der unaufgebbare Kern des Glaubens ist. Diese Glaubensbekenntnisse gehören zum Fundament aller christlichen Kirchen und geben uns Orientierung.

Das Blut der Märtyrer ist die Keimzelle der Kirche.
Tertullian

JA, ABER:

Meinen Glauben vor anderen zu bekennen ist mir peinlich. Kann ich die Angst davor überwinden, ausgelacht zu werden?

Lasst uns festhalten an dem Bekenntnis.
Hebräer 4,14

ABER JA:

Es ist ganz normal, dass das Überwindung kostet – gerade in einer Zeit, in der Religion von vielen zur reinen Privatsache erklärt wird. Es erfordert Mut, sich heute öffentlich zu Jesus zu bekennen. Auch die Apostel hatten manchmal Angst.

Sogar Petrus, einer der engsten Freunde von Jesus, verleugnete ihn (Matthäus 26). Erst nach der Auferstehung von Jesus hatte er den Mut, öffentlich zu verkünden, dass Jesus der Herr ist. Jesus hat seinen Jüngern versprochen: «Ihr werdet den Heiligen Geist empfangen und durch seine Kraft meine Zeugen sein» (Apostelgeschichte 1,8).

Diese Ermutigung durch den Heiligen Geist hat zu allen Zeiten Christen geholfen, sich auch in gefährlichen Situationen zu Jesus Christus zu bekennen. Menschen, die für ihren Glauben sterben, nennt man «Märtyrer». Das bedeutet einfach «Zeugen».

GLAUBENSBEKENNTNISSE

Der Ausgangspunkt aller Glaubensbekenntnisse ist das Bekenntnis zu Jesus Christus und seinem Missionsauftrag: «Gehet zu allen Völkern und macht alle Menschen zu meinen Jüngern; tauft sie auf den Namen des Vaters, des Sohnes und des Heiligen Geistes» (Matthäus 28,19).

Alle christlichen Bekenntnisse erklären und entfalten den Glauben an diesen dreieinigen Gott. Das bekannteste ist das Apostolische Glaubensbekenntnis. Es verbindet Christen auf der ganzen Welt und lautet:

Ich glaube an Gott, den Vater,
den Allmächtigen,
den Schöpfer des Himmels und der Erde.
Und an Jesus Christus,
seinen eingeborenen Sohn, unsern Herrn,
empfangen durch den Heiligen Geist,
geboren von der Jungfrau Maria,
gelitten unter Pontius Pilatus,
gekreuzigt, gestorben und begraben,
hinabgestiegen in das Reich des Todes,
am dritten Tage auferstanden von den Toten,
aufgefahren in den Himmel;
er sitzt zur Rechten Gottes,
des allmächtigen Vaters;
von dort wird er kommen,
zu richten die Lebenden und die Toten.
Ich glaube an den Heiligen Geist,
die heilige christliche Kirche,
Gemeinschaft der Heiligen,
Vergebung der Sünden,
Auferstehung der Toten
und das ewige Leben.
Amen.

DAS BEKENNTNIS ZUR ALLUMFASSENDEN KIRCHE

Im Apostolischen Glaubensbekenntnis heißt es wörtlich:

«Ich glaube an die heilige, katholische und apostolische Kirche.»

Das griechische Wort «katholikos» bedeutet «allumfassend», und das Wort «apostolisch» bedeutet «missionarisch», aber auch: «auf der Grundlage der Apostel aufgebaut».

Weil manchmal das Missverständnis herrscht, nur die römisch-katholische Kirche sei damit gemeint, erscheint in vielen evangelischen Versionen des Glaubensbekenntnisses hier die Formulierung: «Ich glaube an die heilige christliche Kirche». Dass die Kirche «allumfassend» und «apostolisch» ist, bedeutet, dass sie alle Christen in allen Konfessionen umfasst und sich auf Grundlage der Apostel, der ersten Jünger von Jesus, gründet. Keine einzelne Kirche oder Konfession kann den Anspruch erheben, die alleinige oder «wahre» Kirche zu sein.

Nur zusammen bilden alle Christen die «eine heilige, allumfassende und auf den Aposteln aufbauende» Kirche.

Dein Credo sei für dich wie ein Spiegel! Betrachte dich in ihm, um zu sehen, ob du das, was du zu glauben erklärst, auch wirklich glaubst. Und erfreue dich jeden Tag in deinem Glauben.
Augustinus

WEITERE WICHTIGE BEKENNTNISSE DER KIRCHE, DIE UNS GEPRÄGT HABEN

DAS GLAUBENSBEKENNTNIS VON NIZÄA-KONSTANTINOPEL AUS DEM 4. JAHRHUNDERT

In den ersten Jahrhunderten der Kirche entstanden Unklarheiten und Meinungsverschiedenheiten darüber, wie Jesu Menschsein mit seiner Stellung als Sohn Gottes zusammenhängt. In dieser Situation trafen sich die verantwortlichen Leiter der Gemeinden aus allen Ländern in den Nachbarstädten Nizäa und Konstantinopel und formulierten ihre übereinstimmende Überzeugung in diesem Glaubensbekenntnis, das die damals strittigen Punkte klärte. Das Bekenntnis bewahrt das Geheimnis, dass Jesus zugleich wahrer Mensch und wahrer Gott ist. Es lautet:

Wir glauben an den einen Gott,
den Vater, den Allmächtigen,
der alles geschaffen hat, Himmel und Erde,
die sichtbare und die unsichtbare Welt.
Und an den einen Herrn Jesus Christus,
Gottes eingeborenen Sohn,
aus dem Vater geboren vor aller Zeit.

DIE THEOLOGISCHE ERKLÄRUNG VON BARMEN

Im Jahr 1934 kamen Verantwortliche aus verschiedenen Teilen Deutschlands, die sich der «Bekennenden Kirche» zurechneten, in Barmen bei Wuppertal zusammen. Gemeinsam wandten sie sich gegen Versuche der Hitler-treuen «Deutschen Christen», die Kirche mit nationalsozialistischem und anti-jüdischem Gedankengut zu unterwandern. Ihre «Thesen» haben in etlichen evangelischen Kirchen heute den Rang eines verbindlichen Bekenntnisses. Für alle ist die Barmer Theologische Erklärung ein wegweisendes Beispiel dafür, sich nicht vom Zeitgeist, also von der Meinung der Mehrheit in der Gesellschaft, bestimmen zu lassen, sondern diesen kritisch vom Evangelium her zu hinterfragen.

THESE 1

Jesus Christus, wie er uns in der Heiligen Schrift bezeugt wird, ist das eine Wort Gottes, das wir zu hören, dem wir im Leben und im Sterben zu vertrauen und zu gehorchen haben.

Wir verwerfen die falsche Lehre, als könne und müsse die Kirche als Quelle ihrer Verkündigung außer und neben diesem einen Worte Gottes auch noch andere Ereignisse und Mächte, Gestalten und Wahrheiten als Gottes Offenbarung anerkennen.

Jesus Christus spricht: «Ich bin der Weg und die Wahrheit und das Leben; niemand kommt zum Vater denn durch mich» (Johannes 14,6).

«Wahrlich, wahrlich, ich sage euch: Wer nicht zur Tür hineingeht in den Schafstall, sondern steigt anderswo hinein, der ist ein Dieb und Räuber. Ich bin die Tür; wenn jemand durch mich hineingeht, wird er selig werden» (Johannes 10,1.9).

Die ganze Barmer Theologische Erklärung:
www.meinyoube.net

Teil 2.3 | No. 3

DAS BEKENNTNIS DER TAT

LIEBE, DIE ANPACKT

Glaube beginnt immer persönlich, bleibt aber nie privat.
Quelle unbekannt

BIBELSTELLEN

Ihr seid das Licht, das die Welt erhellt. Eine Stadt, die hoch auf dem Berg liegt, kann nicht verborgen bleiben. Man zündet ja auch keine Öllampe an und stellt sie unter einen Eimer. Im Gegenteil: Man stellt sie so auf, dass sie allen im Haus Licht gibt. Genauso soll euer Licht vor allen Menschen leuchten. Sie werden eure guten Taten sehen und euren Vater im Himmel dafür loben.
Matthäus 5,14–16

Nur wer für die Juden schreit, darf gregorianisch singen.
Dietrich Bonhoeffer

Tu deinen Mund auf für die Stummen und für die Sache aller, die verlassen sind.
Sprüche 31,8

WAS BEDEUTET DAS FÜR UNS?

Ein Bekenntnis, das von Herzen kommt, kann kein reines Lippenbekenntnis bleiben. Es muss auch zur Tat werden. Wir folgen dem, was Jesus uns vorgelebt hat: für andere da sein, nicht wegsehen bei Not und Ungerechtigkeit und sich nicht damit abfinden, dass die Dinge so sind, wie sie sind. Nächstenliebe ist nicht ein Gefühl, sondern die praktische Seite des Glaubens. Wort und Tat gehören zusammen.

Gute Werke, die dem Glauben entspringen, sagen oft mehr als Worte. Sie können andere zum Nachfragen anregen. Wenn unser Reden mit unserem Tun übereinstimmt, dann hat unser Bekenntnis Kraft. Die Menschen um uns herum können dann erkennen, dass es Gottes Kraft in uns ist, die da «wirkt beides, das Wollen und das Vollbringen» (Philipper 2,13).

Auch das Gebet ist eine Tat. Durch die Fürbitte für andere werden wir offen für sie und aufmerksam für ihre Nöte. Dann fällt es uns leichter, unsere Stimme für andere vor den Menschen zu erheben.

Darin bewährt sich unser Bekenntnis zu Gott: Wenn wir uns für Arme, Benachteiligte und Verfolgte einsetzen und ihnen praktisch helfen. Die Unterstützung für die, die sich selbst nicht helfen können, bei uns vor Ort und auch weltweit, ist ein wichtiger Teil des christlichen Zeugnisses.

JA, ABER:

Wenn ich als Christ anderen helfe, dränge ich ihnen dann nicht meinen Glauben auf? Soll ich mich dennoch für andere einsetzen?

Es gibt zwei Arten von Christen: den Nachfolger Jesu, und dann die billigere Ausgabe davon, den Bewunderer Jesu.
Søren Kierkegaard

ABER JA:

Wenn wir andere tatkräftig unterstützen, geht es nicht darum, zu zeigen, wie fromm wir sind, oder darum, andere vom Christsein zu überzeugen. Es ist stark, wenn wir anderen Menschen einfach um ihrer selbst willen und ohne Hintergedanken helfen. Um die weitere Wirkung kümmert sich Gott dann schon. Auch kleine Taten, die von Herzen kommen, haben bei Jesus Bedeutung: «Was ihr getan habt einem von diesen meinen geringsten Brüdern, das habt ihr mir getan» (Matthäus 25,40).

Die Kirche ist nur Kirche, wenn sie für andere da ist.
Dietrich Bonhoeffer

Christus wird uns nicht fragen, wie viel wir geleistet haben, sondern mit wie viel Liebe wir unsere Taten vollbracht haben.
Mutter Teresa

UND WEITER?

In welchen Momenten fällt es Dir schwer, zu zeigen, dass Dir Gott etwas bedeutet?
Schreibe es hier auf die Seite, auf einen Block oder poste es auf der YOUBE-Website:

www.meinyoube.net

YOU BEHAVE

DRITTER HAUPTTEIL:

WIE SOLLEN WIR LEBEN?

Teil 3.1

FREIHEIT

Wie kann ich in Freiheit leben?

Gott befreit.
Er kennt unsere Zwänge und Abhängigkeiten.
Wir gehören nicht der Arbeit, nicht den Menschen und nicht uns selbst. Wir gehören ihm.

Gottes Gebote sind Wegweiser zur Freiheit:

Freiheit erleben –
und Gott allein anbeten (1. Gebot).

Freiheit erleben –
und Gott mit Namen kennen (2. Gebot).

Freiheit erleben –
und Gottes Gegenwart genießen (3. Gebot).

Teil 3.1 | No. 1

FREIHEIT ERLEBEN

UND GOTT ALLEIN ANBETEN

DAS 1. GEBOT

Ich bin der Herr, dein Gott, der ich dich aus Ägyptenland, aus der Knechtschaft, geführt habe.
Du sollst keine anderen Götter haben neben mir.

Du sollst dir kein Bildnis noch irgendein Gleichnis machen, weder von dem, was oben im Himmel, noch von dem, was unten auf Erden, noch von dem, was im Wasser unter der Erde ist: Bete sie nicht an und diene ihnen nicht.

2. Mose 20,2–5

Herr, wenn ich nur dich habe, bedeuten Himmel und Erde mir nichts. Selbst wenn alle meine Kräfte schwinden und ich umkomme, so bist du doch, Gott, allezeit meine Stärke – ja, du bist alles, was ich habe!

Psalm 73,25–26

Mein Bild von Gott?
Ja, der Rahmen war schon fertig,
und der Rahmen war nicht schlecht;
jetzt muss nur noch Gott reinpassen,
und den biegen wir uns schon zurecht!
Frei nach Udo Lindenberg

WAS BEDEUTET DAS FÜR UNS?

Die Zehn Gebote sind Wegweiser zur Freiheit: Sie zeigen, wie wir als Geschöpfe Gottes in Freiheit, Frieden und Fülle miteinander leben können.

Am Anfang der Zehn Gebote heißt es nicht:
«Du sollst» oder «Du sollst nicht».
Die erste Aussage ist ein Versprechen:
«Ich bin der Herr, dein Gott.»

Unser Gott ist der Befreier, der Menschen aus Abhängigkeiten führt, damals wie heute. Deshalb brauchen wir keine anderen Götter zu verehren. Wenn wir mit Gott verbunden sind, brauchen wir vor nichts und niemand anderem unsere Knie zu beugen: vor keiner äußeren Macht auf der Erde, aber auch vor keiner Macht in unserem Inneren. Alle Mächte und Herrscher dieser Welt müssen am Ende Gott als Herrn anerkennen. Alle Ideen und Ideologien werden vergehen, aber Gott bleibt.

Das erste Gebot schließt mit ein, dass wir uns kein Bild von Gott machen sollen. Gott ist ganz anders als unsere Vorstellungen. Er ist kein Opa mit langem Bart, kein unpersönliches höheres Wesen und auch keine philosophische Idee. Alle diese Vorstellungen sind viel zu begrenzt. Aus eigener Kraft können wir Gott nicht erkennen. Doch die gute Nachricht ist, dass er sich selbst gezeigt hat. Gott hat sich in Jesus Christus offenbart.

Jesus hat gesagt: «Wer mich sieht, der sieht den Vater» (Johannes 14,9). Wenn wir auf Jesus schauen, sehen wir, wie Gott wirklich ist.

JA, ABER:

Kann ich ein richtiger Fan von etwas sein, ohne dass es für mich ein Gott wird?

Woran du dein Herz hängst, das ist dein Gott.
Martin Luther

Denn alles, was Gott geschaffen hat, ist gut; und nichts ist schlecht, für das wir Gott danken.
1. Timotheus 4,4

ABER JA:

Gott hat uns so geschaffen, dass wir uns begeistern können. Diese Fähigkeit macht das Leben reich und bunt. Wir feiern einen Fußballverein, eine bestimmte Musikband oder bestimmte Schauspieler. Das ist einfach Ausdruck davon, dass uns das, was sie tun, richtig gut gefällt. Fan sein kann aber auch bedeuten, dass wir uns an Vorbildern orientieren, die dazu gar nicht taugen, oder einen Lebensstil nachahmen, der uns nicht guttut. Entscheidend ist, dass wir unsere Freiheit nicht verlieren. Der Apostel Paulus schreibt dazu:

«Alles ist mir erlaubt, aber nicht alles dient zum Guten. Alles ist mir erlaubt, aber es soll mich nichts gefangen nehmen.»
1. Korinther 6,12

Gott hat so viele Dinge geschaffen, an denen wir uns freuen dürfen.

Aber nichts davon soll uns so wichtig werden, dass es uns in unseren Gedanken, Sehnsüchten und in unserem Tun in Beschlag nimmt. Ein Schlüssel für das richtige Maß ist die Dankbarkeit. Sie hilft uns, Gott höher zu schätzen als das, was uns begeistert. Unsere erste Liebe gehört Gott, von dessen Liebe wir leben.

Teil 3.1 | No. 2

FREIHEIT ERLEBEN

UND GOTT MIT NAMEN KENNEN

Gott sagt: «Er liebt mich, darum will ich ihn erretten; er kennt meinen Namen, darum will ich ihn schützen.»
Psalm 91,14

DAS 2. GEBOT

Du sollst den Namen des Herrn, deines Gottes, nicht missbrauchen.
2. Mose 20,7

Unser Vater im Himmel! Dein Name werde geheiligt.
Matthäus 6,9

Wir sollen Gott fürchten und lieben, dass wir bei seinem Namen nicht fluchen, schwören, zaubern, lügen oder trügen, sondern ihn in allen Nöten anrufen, beten, loben und danken.
Martin Luther

WAS BEDEUTET DAS FÜR UNS?

Im zweiten Buch der Bibel wird erzählt, wie Mose Gott nach seinem Namen fragt (2. Mose 3,13–16). Gott nennt ihm den rätselhaften Namen «JHWH». Die genaue Aussprache dieses hebräischen Wortes ist unbekannt, viele sagen «Jahwe». Das bedeutet so viel wie «Ich bin, der ich bin» oder «Ich werde sein, der ich sein werde». Sein Name ist also ein Versprechen: Gott bleibt sich und uns treu. Weil Gott sich uns bekannt macht, können wir ihn ansprechen. Wir dürfen uns vertrauensvoll an ihn wenden im Gebet.

«Rufe mich an in der Not, so werde ich dich erretten.»
Psalm 50,15

Das zweite Gebot warnt davor, den Namen Gottes unangemessen zu gebrauchen und ihn damit zu entehren, zum Beispiel durch Fluchen oder Schwören. Dieses Gebot zu befolgen heißt, Gott nicht auf irgendeine Weise für unsere Zwecke zu missbrauchen. Versuche, Gott durch Zauberei und Magie zu manipulieren, finden in der Bibel eine klare Absage (2. Mose 22,17).

Mit dem zweiten Gebot schützt Gott auch uns vor Manipulation durch andere Menschen. Wenn wir Gott mit Namen kennen und in Beziehung zu ihm leben, entwickeln wir ein immer besseres Gespür für seine Wahrheit und Wirklichkeit. Das hilft uns dabei, wachsam zu sein gegenüber religiöser oder ideologischer Verführung. Wenn wir mit neuen Lehren oder Gedanken konfrontiert werden, können wir uns fragen: Passt das, was hier behauptet wird, zu Gott, so wie er sich uns in der Bibel bekannt gemacht hat?

JA, ABER:

Wird nicht auch manchmal in der Kirche manipuliert und damit Gottes Name missbraucht?

Wir erzählen euch keine Märchen, machen euch nichts vor und führen niemanden hinters Licht. Im Gegenteil, Gott selbst hält uns für würdig, die rettende Botschaft zu verkünden – deshalb und nur deshalb reden wir. Wir wollen nicht Menschen damit gefallen, sondern Gott. Ihn können wir nicht täuschen, denn er kennt unser Herz. Ihr wisst auch, dass wir euch niemals mit Schmeicheleien einfangen wollten und dass es uns nicht um unseren eigenen Vorteil ging. Dafür ist Gott unser Zeuge.

1. Thessalonicher 2,3–5

ABER JA:

Leider kann das vorkommen. Manchmal tun Menschen sehr fromm, versuchen aber in Wirklichkeit, andere zu manipulieren. Auch wenn es mit guter Absicht geschieht, bleibt es verkehrt, Druck auf Einzelne oder auf eine ganze Gemeinde auszuüben. Gott will uns in die Freiheit führen. Das geht weder durch Manipulation noch durch psychologische Tricks. Gottes Liebe und Wahrheit werden am Ende zu ihrem Ziel kommen. Der Heilige Geist will Menschen so berühren, dass sie sich wirklich zum Guten verändern. Darum sollten wir in unseren Gottesdiensten Raum für Gottes Geist schaffen und ihm mehr zutrauen als Methoden oder Techniken, um Menschen zu begeistern.

FREIHEIT ERLEBEN

UND GOTTES GEGENWART GENIESSEN

DAS 3. GEBOT

Gedenke des Feiertages, dass du ihn heiligest.

Sechs Tage sollst du arbeiten und alle deine Werke tun. Aber am siebten Tage ist der Sabbat des Herrn, deines Gottes. Da sollst du keine Arbeit tun, auch nicht dein Sohn, deine Tochter, dein Knecht, deine Magd, dein Vieh, auch nicht dein Fremdling, der in deiner Stadt lebt. Denn in sechs Tagen hat der Herr Himmel und Erde gemacht und das Meer und alles, was darinnen ist, und ruhte am siebten Tage. Darum segnete der Herr den Feiertag und heiligte ihn.

2. Mose 20,8–11

Man kann Gott nicht allein mit Arbeit, sondern auch mit Feiern und Ruhen dienen, darum hat er das dritte Gebot gegeben und den Sabbat geboten.
Martin Luther

Sabbat kommt vom hebräischen Wort für «Aufhören» oder «Ruhen». Gemeint ist der siebte Tag der Woche. Das Wort Sabbat wird am besten übersetzt mit «Feiertag» oder «Ruhetag».

WAS BEDEUTET DAS FÜR UNS?

In der hebräischen Woche ist der Sabbat immer der Zeitraum von Freitagabend bis Samstagabend. Das dritte Gebot zeigt: Gott hat seinem Volk den Sabbat geschenkt als Tag der Ruhe. Als Christen feiern wir den Sonntag. Er ist für uns nicht das «Wochenende», sondern der erste Tag der Woche: der Tag der Auferstehung Jesu, der Anfang der neuen Schöpfung. Am Sonntag feiern wir den Sieg Gottes über alles, was uns unfrei und kaputt macht.

Um diese Freiheit zu feiern, gehen Christen in den Gottesdienst. Hier treten wir heraus aus der Last und der Getriebenheit des Alltags, hinein in Gottes Gegenwart. Zusammen mit der ganzen Schöpfung holen wir Atem. Unser Blick wird frei von der Fixierung auf unsere Probleme und unerledigten Aufgaben und hingelenkt zu dem, was Gott tut.

Das dritte Gebot befreit von der Vorstellung, wir wären nur etwas wert, wenn wir Leistung bringen. Es erinnert uns daran, dass Gott uns seine Wertschätzung zukommen lässt, ohne dass wir etwas dafür tun müssen. Bei ihm erfahren wir Freiheit von allen Ansprüchen dieser Welt. Er liebt uns, ganz egal, was wir leisten, was uns gelingt oder wo wir versagen.

Welche Bedeutung haben kirchliche Feiertage?
Das Kirchenjahr mit seiner immer erneuten Vergegenwärtigung und Darstellung des Lebens von Jesus Christus ist das größte Kunstwerk des Menschen.
Jochen Klepper

JA, ABER:

Ich finde Gottesdienste langweilig. Muss ich da unbedingt hin, auch wenn es mir keinen Spaß macht?

Auf sein Werk musst du schauen, wenn dein Werk soll bestehen.
Paul Gerhardt

Der Sonntag müsste ein großes Tor sein, durch das ewiges Leben in den Alltag und Kraft für die Arbeit der ganzen Woche einziehen könnte.
Edith Stein

ABER JA:

Es stimmt, manchmal sind Gottesdienste langweilig. Die Lieder sind altmodisch, die Sprache bleibt unverständlich.

Gleichzeitig tragen die alten Lieder und Liturgien eine große Tiefe in sich und verbinden uns mit Generationen von Christen, die auch in schweren Zeiten an ihrem Glauben festgehalten haben. Und bis heute gilt, was Jesus versprochen hat:

«Wo zwei oder drei in meinem Namen zusammenkommen, bin ich in ihrer Mitte.»
Matthäus 18,20

Außerdem gilt hier das Motto: Mitgestalten ist besser als langweilen. Tu dich mit anderen zusammen, und bringt euch in der Gemeinde ein. Sucht das Gespräch mit eurem Pfarrer oder dem Jugendleiter und gestaltet eure Gottesdienste und das Gemeindeleben mit.

UND WEITER?

Macht Gott Dich frei(er)? Wenn ja, wie? Oder, warum nicht?
Schreibe es hier auf die Seite, auf einen Block oder poste es auf der YOUBE-Website:

www.meinyoube.net

Teil 3.2

FRIEDE

Wie kann Zusammenleben gelingen?

Gott schenkt Frieden.
Er kennt die Not, die wir miteinander haben.
Er zeigt uns, wie Beziehungen lebendig bleiben.

Gottes Gebote sind Wegweiser zum Frieden:

Frieden stiften –
und zu Hause anfangen (4. Gebot).

Frieden stiften –
und das Leben schützen (5. Gebot).

Frieden stiften –
und liebesfähig werden (6. Gebot).

Teil 3.2 | No. 1

FRIEDEN STIFTEN

UND ZU HAUSE ANFANGEN

DAS 4. GEBOT

Du sollst deinen Vater und deine Mutter ehren, auf dass du lange lebest in dem Lande, das dir der Herr, dein Gott, geben wird.

2. Mose 20,12

Ihr Väter, provoziert eure Kinder nicht, damit sie nicht den Lebensmut verlieren!

Kolosser 3,21

Wenn jemand für seine Angehörigen nicht sorgt und besonders nicht für seine mit ihm wohnenden Familienmitglieder, dann hat er damit den Glauben verleugnet und ist schlimmer als einer, der den Glauben bewusst ablehnt.

1. Timotheus 5,8

WAS BEDEUTET DAS FÜR UNS?

Das vierte Gebot ist der Schlüssel zum Zusammenleben der Generationen. Es zeigt uns, wie wir in der Familie in Frieden miteinander leben können.

Die Aufgabe der Eltern liegt darin, alles dafür zu tun, dass die Familie als Zentrum des Zusammenlebens gestärkt und gestützt wird.

Gute Eltern lieben ihre Kinder, auch wenn sie Fehler machen. Sie beurteilen ihr Kind nicht nach Attraktivität, Leistung oder Nutzen. Sie nehmen ihr Kind an, wie es ist. Sie helfen ihm und unterstützen es nach ihren Kräften. Das gibt Kindern Geborgenheit und Sicherheit, mutig zu werden und selber die Welt zu entdecken.

Zur Aufgabe der Kinder gehört es, Vater und Mutter zu ehren. Das bedeutet keinen blinden Gehorsam und auch nicht, das eigene Gewissen oder die eigenständige Meinung zu unterdrücken. Es bedeutet, sie zu respektieren und dankbar zu sein für alles Gute, was wir von ihnen empfangen.

Das vierte Gebot weist auch noch in eine andere Richtung. Auch Erwachsene bleiben Söhne und Töchter. Diesen erwachsen gewordenen Kindern wird aufgetragen, für ihre Eltern Verantwortung zu übernehmen, wenn diese einmal alt und gebrechlich sind.

Damit schützt das vierte Gebot die Würde des menschlichen Lebens bis an sein Ende. Kinder werden sich immer ein Beispiel daran nehmen, wie ihre eigenen Eltern mit deren Eltern umgehen.

Das Leben der Eltern ist das Buch,
in dem die Kinder lesen.
Augustinus

JA, ABER:

Bei uns zu Hause gibt es jeden Tag Ärger. Kann ich meine Eltern trotzdem respektieren?

ABER JA:

Es ist normal, dass es Spannungen in der Familie gibt, wenn Kinder erwachsen werden: Jugendliche fordern mehr Freiheiten ein, können aber noch nicht wirklich gut damit umgehen. Eltern hingegen verlangen mehr Verantwortung von ihren Kindern, tun sich aber schwer damit, sie loszulassen und ihnen wirklich etwas zuzutrauen.

Die Spannungen und der Ärger zu Hause sind manchmal kaum auszuhalten. In solchen Situationen kann es dir helfen, daran zu denken, dass deine Eltern es dir nicht nur schwer machen, sondern es auch schwer haben: Die Aufgabe von Eltern, die Balance zwischen Freiräumen und Wegweisung für ihre Kinder zu finden, ist alles andere als leicht. Wo es dir gelingt, nicht nur den Konflikt, sondern auch das Positive wahrzunehmen, wachsen auch wieder der Respekt und die Dankbarkeit.

Teil 3.2 | No. 2

FRIEDEN STIFTEN

UND DAS LEBEN SCHÜTZEN

DAS 5. GEBOT

Du sollst nicht töten.

2. Mose 20,13

Redet denn dieses Gebot nur vom Töten?
Nein. Gott will uns durch das Verbot des Tötens lehren, dass er schon die Wurzel des Tötens, nämlich Neid, Hass, Zorn und Rachgier, hasst und dass alles für ihn heimliches Töten ist.
Heidelberger Katechismus

WAS BEDEUTET DAS FÜR UNS?

Im fünften Gebot schützt Gott die Gemeinschaft und das Leben jedes Einzelnen. Allein Gott, der das Leben schafft und schenkt, darf es auch wieder nehmen. Kein Mensch hat das Recht, das Leben eines anderen oder auch sein eigenes zu zerstören. Das Leben muss vor allem dort geschützt werden, wo es besonders verwundbar ist: am Anfang und an seinem Ende. Von Beginn an haben sich die Christen darum gegen Abtreibung und Euthanasie (= Tötung sogenannten «unwerten Lebens») gestellt.

Bei der Forderung, nicht zu töten, geht es um mehr, als Blutvergießen zu verhindern. Jesus macht radikal ernst mit dem Frieden. Er packt das Übel an der Wurzel. Friede unter den Menschen beginnt damit, dass die Feindseligkeit in unseren Herzen überwunden wird. Jesus hat die Mauer der Entfremdung zwischen Gott und den Menschen niedergerissen, die durch die Sünde aufgerichtet wurde (Epheser 2,14–19). Durch Jesus sind wir zu Kindern Gottes geworden.

Auf dieser Basis lehrt er uns, unsere Feinde zu lieben:

«Begegnet euren Feinden in echter Liebe und betet für die, die euch verfolgen. Wenn ihr das tut, dann erweist ihr euch als Kinder eures Vaters, der im Himmel ist.»
Matthäus 5,44–45

Darum ist die Feindesliebe keine unmögliche Forderung, sondern die Möglichkeit, an andere weiterzugeben, was wir selbst empfangen haben.

JA, ABER:

Manche Leute reizen mich schon allein durch ihre Art. Kann ich meine Abneigung gegen solche Leute überwinden?

ABER JA:

Schwierige Menschen zu ertragen ist eine echte Herausforderung. Und es bleibt eine lebenslange Aufgabe. Schlechte Gefühle lassen sich nicht verhindern. Sie wahrzunehmen ist ein wichtiger Schritt zu ihrer Überwindung. Es ist aber so: Genauso wie andere dich aufregen, vielleicht ohne es zu merken, gilt das auch umgekehrt. Es ist gut, das nicht zu vergessen.

Das bedeutet nicht, dir alles gefallen zu lassen. Im Gegenteil: Echte Beziehungen brauchen offene Worte. Martin Luther gibt folgenden praktischen Rat, wie wir mit negativen Gedanken umgehen können:

«Wie man nicht wehren kann, dass einem die Vögel über den Kopf herfliegen, aber wohl, dass sie auf dem Kopfe nisten, so kann man auch bösen Gedanken nicht wehren, aber wohl, dass sie in uns einwurzeln.»

Letztendlich entscheidest du mit darüber, wie viel Raum du negativen Gefühlen gibst.

Ich aber sage euch: Wer eine Frau ansieht, sie zu begehren, der hat schon mit ihr die Ehe gebrochen in seinem Herzen.
Matthäus 5,28

Teil 3.2 | No. 3

FRIEDEN STIFTEN

UND LIEBESFÄHIG WERDEN

DAS 6. GEBOT

Du sollst nicht ehebrechen.
2. Mose 20,14

Wie schön ist deine Liebe, liebe Braut. Deine Liebe ist lieblicher als Wein, und der Geruch deiner Salben übertrifft alle Gewürze.

Lege mich wie ein Siegel auf dein Herz. Denn Liebe ist stark wie der Tod. Ihre Glut ist feurig und eine Flamme des Herrn.

Ich beschwöre euch, ihr Töchter Jerusalems, dass ihr die Liebe nicht aufweckt und nicht stört, bis es ihr selbst gefällt.

Aber als ich meinem Freund aufgetan hatte, war er weg und fortgegangen. Meine Seele war außer sich, dass er sich abgewandt hatte.
Hoheslied 4–8 in Auszügen

WAS BEDEUTET DAS FÜR UNS?

Das sechste Gebot schützt uns vor allem nach **innen**. Es schützt unser Innenleben, unser Denken und Fühlen.

Die Ehe ist ein Bund der Liebe zwischen Mann und Frau. In der Ehe geht es um Vertrauen, Hingabe und Intimität. Weil dieser Lebensbereich den Kern unserer Persönlichkeit berührt, ist er besonders verletzlich. Sexualität ist eine Gabe Gottes, die Schutz braucht: vor den Augen und Ohren anderer, vor Geschwätz und vor Ausbeutung. Auch vor unseren eigenen egoistischen Wünschen, die uns dazu verleiten können, andere zum Objekt unserer Bedürfnisse zu machen.

Sex ist weder Sport, in dem es um Leistung geht, noch ein Konsumartikel, in dem es nur um Spaß geht, sondern eine Sprache des Körpers und der Seele. Indem wir uns einem anderen Menschen öffnen und ihm so nahe kommen, dass nichts dazwischen passt, sagen wir ihm durch unsere Körpersprache: Ich will dich ohne jedes Wenn und Aber – ganz. Die Bibel nennt das «ein Fleisch werden» (1. Mose 2,24). Diese körperliche Nähe verändert uns: Der andere wird ein Teil von uns. Darum tragen Menschen Wunden davon, wenn Beziehungen zerbrechen.

Das Siegel einer ernsthaften Liebe ist die Treue. Deshalb schützt das sechste Gebot die Ehe als den Lebensraum, in dem sich die Liebe von einer Frau und einem Mann entfalten kann. Diesen Schutz braucht sie, um zu überleben und um den Kindern, also der nächsten Generation, Leben und Geborgenheit zu schenken.

Ein Mann verlässt seine Eltern und verbindet sich so eng mit seiner Frau, dass die beiden eins sind mit Leib und Seele. Sie sind also eins und nicht länger zwei voneinander getrennte Menschen. Was nun Gott zusammengefügt hat, soll der Mensch nicht scheiden.
Matthäus 19,5–6

JA, ABER:

Ich bin doch viel zu jung, um ans Heiraten zu denken. Hat mir das sechste Gebot überhaupt etwas zu sagen?

ABER JA:

Das sechste Gebot schafft einen Schutzraum für die kostbaren Bereiche von Liebe und Sexualität. Das gilt auch für Unverheiratete. Sex und Liebe gehören zusammen und sollten nicht voneinander abgekoppelt werden durch unverbindliches Ausprobieren. In der Liebe zu deinem Partner solltest du von vornherein auf Treue und Verbindlichkeit setzen. Sexualität ist eine starke Kraft. Treue erfordert darum Selbstdisziplin.

Das fällt uns nicht leicht und lohnt sich doch. Denn es geht darum, Sexualität als eine gute Gabe Gottes wertzuschätzen und zu bewahren. Sexualität entfaltet sich in ihrer ganzen Schönheit in der langfristigen Beziehung, die Gott segnet: in der Ehe.

Auch wenn du in deinen Beziehungen schon gescheitert bist, kannst du gewiss sein, dass Gott dir vergibt und dich immer neu annimmt. Gottes Liebe und Barmherzigkeit überwindet alle unsere Fehler und unser Versagen. Jesus begegnete gerade den Menschen, die mit ihrer Sexualität sichtbare Probleme hatten, mit besonderer Liebe und Annahme (z. B. Johannes 8,1–11).

Du bist zeitlebens für das verantwortlich, was du dir vertraut gemacht hast.
Antoine de Saint-Exupéry

UND WEITER?

An welchen Stellen Deines Lebens wünschst Du Dir den Frieden Gottes?
Schreibe es hier auf die Seite, auf einen Block oder poste es auf der YOUBE-Website:

www.meinyoube.net

Teil 3.3

FÜLLE

Wie viel ist genug?

Bei Gott ist die Fülle.
Er weiß, was wir brauchen.
Seine Fürsorge treibt uns die Angst aus, zu kurz zu kommen.

Gottes Gebote sind Wegweiser zu einem Leben in Fülle:

Fülle erfahren –
und Unterschiede bejahen (7. Gebot).

Fülle erfahren –
und Wahrheit sprechen (8. Gebot).

Fülle erfahren –
und zufrieden sein (9. und 10. Gebot).

Teil 3.3 | No. 1

FÜLLE ERFAHREN
UND UNTERSCHIEDE BEJAHEN

DAS 7. GEBOT

Du sollst nicht stehlen.
2. Mose 20,15

Jesus spricht: «Ein Dieb kommt nur, um zu stehlen und zu schlachten und umzubringen. Ich bin gekommen, damit sie das Leben und volle Genüge haben sollen.»
Johannes 10,10

Wehe denen, die Gesetze verabschieden, um andere ins Unglück zu stürzen, und Verordnungen erlassen, um andere zu unterdrücken! Sie betrügen die Armen und Schwachen meines Volkes um ihr Recht. Kaltblütig beuten sie Witwen und hilflose Waisen aus.
Jesaja 10,1–2

WAS BEDEUTET DAS FÜR UNS?

Jeder Mensch ist einzigartig. Jeder hat unterschiedliche Gaben und Fähigkeiten. Es gehört zu unserer Freiheit und Verantwortung als Geschöpfe, diese Gaben zu entfalten und unser Zusammenleben so zu gestalten, dass diese Entfaltung für alle Menschen möglich ist.

Nicht alle können die gleiche Aufgabe übernehmen. Nicht alle haben die gleichen Geldmittel zur Verfügung. Unterschiede zu bejahen gehört auch zum Leben. Das heißt, dem anderen etwas zu gönnen, auch wenn wir es selbst gerne hätten. Dem anderen zu neiden oder zu stehlen, was ihm gehört, ist Unrecht. Das siebte Gebot schützt das Eigentum. Es bewahrt auf diese Weise den Frieden und die Freiheit in der Gesellschaft.

In der Gütergemeinschaft der ersten Christen (Apostelgeschichte 2) ging es nicht um die Abschaffung des Privateigentums, sondern darum, dass Eigentum verpflichtet. Wer etwas besitzt, der soll auch anderen Anteil daran geben. Wenn Menschen großzügig von ihrem Besitz abgeben, haben am Ende alle etwas davon.

In unserer Welt sind die Güter nicht gleichmäßig verteilt. Es ist notwendig und richtig, dass sich Christen bei der Bekämpfung von Armut einsetzen. Jeder kann etwas dazu beitragen, dass mehr Gerechtigkeit in der Welt herrscht. Wichtig ist dabei das Handeln im eigenen Leben. Der Einsatz für andere muss immer vor Ort anfangen, soll aber dann die ganze Welt im Blick haben.

Alle aber, die gläubig geworden waren, waren beieinander und hatten alle Dinge gemeinsam. Sie verkauften Güter und Habe und teilten sie aus unter alle, je nachdem es einer nötig hatte.
Apostelgeschichte 2,44–45

JA, ABER:

Konkurrenz belebt doch das Geschäft. Dadurch nehme ich doch anderen nichts weg!

ABER JA:

Ein gewisser Wettbewerb untereinander kann tatsächlich beleben und anspornen. Auch Paulus verwendet das Bild vom Wettkampf als Gleichnis für das christliche Leben. Jedes Rennen braucht Disziplin und Ausdauer (1. Korinther 9,24–27).

Schlimm wird es aber, wenn wir andere Menschen vor allem als Rivalen sehen, die wir ausstechen müssen. Denn dann können wir uns nicht mehr an den Gaben und Stärken anderer freuen, sondern lauern auf ihre Schwächen, um uns selbst in den Vordergrund zu spielen. Das macht am Ende alle arm: uns selbst, den anderen und die Gemeinschaft.

Es kostet hundertmal mehr, eine Lüge zu bestätigen als die Wahrheit.
Martin Luther

Teil 3.3 | No. 2

FÜLLE ERFAHREN
UND WAHRHEIT SPRECHEN

DAS 8. GEBOT

Du sollst nicht falsch Zeugnis reden wider deinen Nächsten.
2. Mose 20,16

Und selbst die großen Schiffe, die nur von starken Winden vorangetrieben werden können, lenkt der Steuermann mit einem kleinen Ruder, wohin er will. Genauso ist es mit unserer Zunge. So klein sie auch ist, so groß ist ihre Wirkung! Ein kleiner Funke setzt einen ganzen Wald in Brand.
Jakobus 3,4–5

WAS BEDEUTET DAS FÜR UNS?

Das achte Gebot schützt das Leben des Menschen nach **außen**: seine «öffentliche Seite», sein Ansehen und seinen Ruf. Martin Luther schreibt dazu:

«Wir sollen Gott fürchten und lieben, dass wir unsern Nächsten nicht belügen, verraten, verleumden oder seinen Ruf verderben, sondern sollen ihn entschuldigen, Gutes von ihm reden und alles zum Besten kehren.»

Häufig meinen wir, selbst besser dazustehen, wenn wir andere Menschen abwerten. Es fällt uns leichter, über andere herzuziehen, als Gutes von ihnen zu reden. Das hat manchmal weitreichende Folgen.

Gerade durch soziale Netzwerke wie Facebook kann das Ansehen eines Menschen in einem einzigen Augenblick beschädigt oder sogar zerstört werden. Negatives Reden oder das Weitererzählen von Fehlern und Schwächen wird blitzschnell zum Rufmord. Davor warnt uns Gott im achten Gebot.

Tod und Leben liegen in der Macht der Sprache.
Nach Sprüche 18,21

Sprich nie Böses von einem Menschen, wenn du es nicht gewiss weißt! Und wenn du es gewiss weißt, so frage dich: Warum erzähle ich es?
Johann Caspar Lavater

JA, ABER

Mit Halbwahrheiten über andere herzuziehen ist doch ganz normal. Ist das wirklich so dramatisch?

ABER JA:

Das achte Gebot erinnert uns daran, dass der Ruf eines Menschen ein wesentlicher Teil seiner Würde ist. Die Würde jedes Menschen soll unantastbar sein. Wenn wir sie verletzen, kann das sehr weh tun und hässliche Narben hinterlassen. Oft finden wir an anderen genau das schlecht, was wir nicht kennen. Oder wir reagieren gereizt, weil sie uns zu ähnlich sind. Beide Faktoren können einen empfindlichen Nerv bei uns treffen. In jedem Fall hat unsere Reaktion auf andere auch etwas mit uns selbst zu tun. Wir sind alle angewiesen auf gute Beziehungen und gute Worte, die uns stützen und bestätigen. Es ist ein Zeichen von Stärke, andere stehen zu lassen, wie sie sind. Je fester und klarer wir selber stehen, umso weniger haben wir es nötig, andere abzuwerten.

Teil 3.3 | No. 3

FÜLLE ERFAHREN

UND ZUFRIEDEN SEIN

Trachtet zuerst nach dem Reich Gottes und nach seiner Gerechtigkeit, so wird euch das alles zufallen.
Matthäus 6,33

DAS 9. UND 10. GEBOT

Du sollst nicht begehren deines Nächsten Haus. Du sollst nicht begehren deines Nächsten Weib, Knecht, Magd, Vieh noch alles, was dein Nächster hat.
2. Mose 20,17

Alle Sorge werft auf ihn; denn er sorgt für euch.
1. Petrus 5,7

WAS BEDEUTET DAS FÜR UNS?

Im neunten und zehnten Gebot will Gott uns darauf hinweisen, dass wir nicht alles haben müssen, was andere haben. Die große Frage dahinter lautet: Wie viel ist genug?

Gott bietet uns die Fülle an: ein erfülltes Leben trotz unerfüllter Wünsche.

Begehren, das nie genug bekommen kann, misstraut Gottes Güte. Wenn wir von der Angst beherrscht werden, zu kurz zu kommen, kann uns die Gier erfassen. So stehen wir in der Gefahr, uns das zu nehmen, was uns nicht zusteht. Dann gehen wir auch schnell über andere Menschen und ihre Bedürfnisse hinweg.

Wünsche zu haben gehört zum menschlichen Leben dazu. Den tiefsten Lebenshunger können wir aber nicht durch die Anhäufung von Besitz stillen, auch nicht durch Leistung oder großartige Erlebnisse. Das Gebot will uns lehren, unsere Sehnsucht auf das auszurichten, was wirklich erfüllt. Jesus sagt: «Ich bin das Brot des Lebens. Wer zu mir kommt, wird niemals wieder Hunger leiden» (Johannes 6,35). Jesus lädt uns ein zu einem radikalen Abenteuer:

«Sorgt euch vor allem um Gottes neue Welt, und lebt nach Gottes Willen! Dann wird er euch mit allem anderen versorgen.»
Matthäus 6,33

Dieses Abenteuer des Vertrauens auf Gott wird uns reich machen, weil es uns von der Sorge um uns selbst frei macht: frei für Gott und frei für andere.

Der Herr ist mein Hirte,
mir wird nichts mangeln.
Psalm 23,1

JA, ABER:

Das Ziel der Werbung ist es doch gerade, Wünsche und Begierden zu wecken. Wie kann man da trotzdem zufrieden sein?

Höre, Israel, der Herr ist unser Gott, der Herr allein. Und du sollst den Herrn, deinen Gott, lieb haben von ganzem Herzen, von ganzer Seele und mit all deiner Kraft. Und diese Worte, die ich dir heute gebiete, sollst du zu Herzen nehmen und sollst sie deinen Kindern einschärfen und davon reden, wenn du in deinem Hause sitzt oder unterwegs bist, wenn du dich niederlegst oder aufstehst.

5. Mose 6,4–7

ABER JA:

Wir sollten uns nicht dazu verleiten lassen, das Leben der anderen leben zu wollen. Gott hat jeden von uns unverwechselbar und einzigartig geschaffen. Jeder ist ein Original mit ganz eigenen Möglichkeiten und Grenzen, Fähigkeiten, Beziehungen, Gütern und Potenzialen.

Zufriedenheit und Dankbarkeit für das, was wir haben, was wir können und wer wir sind, macht uns stark gegen die Rastlosigkeit und die Suche nach immer mehr. Diese Lebenseinstellung können wir Schritt für Schritt einüben und verstärken. Dabei können wir einander helfen: durch Bestätigung, Lob und Anerkennung.

UND WEITER?

Wovon kannst Du nicht genug kriegen? Wo erlebst Du Zufriedenheit?
Schreibe es hier auf die Seite, auf einen Block oder poste es auf der YOUBE-Website:

www.meinyoube.net

DAS DOPPELGEBOT DER LIEBE

Du sollst den Herrn, deinen Gott, lieben
von ganzem Herzen, von ganzer Seele
und von ganzem Gemüt.

Du sollst deinen Nächsten
lieben wie dich selbst.
Markus 12,30–31

ERSCHAFFEN

ERLÖST

ERFÜLLT

BIBEL

BUND

BEKENNTNIS

FREIHEIT

FRIEDEN

FÜLLE

DAS YOUBE-GEBET

Vater, du hast die ganze Welt und auch mich erschaffen.

Jesus, du hast mich erlöst von aller Schuld und Sünde.

Heiliger Geist, du erfüllst mich,
mein Denken, mein Wollen und Tun.

Danke für dein Wort, das mir den Weg zeigt.

Danke, dass du mich als dein Kind annimmst
und ich zu deiner weltweiten Familie gehöre.

Danke, dass du dich zu mir stellst
und ich dich bekennen kann.

Du führst uns in die Freiheit, im Vertrauen auf dich.

Du schenkst uns deinen Frieden
und zeigst uns, wie Gemeinschaft gelingt.

Du gibst uns ein Leben in Fülle, an jedem Tag und in Ewigkeit.

Danke dafür.
Amen.

YOU SEARCH
Personen, Stichwörter, Bibelstellen

PERSONEN

STICHWÖRTER

BIBELSTELLEN

Altes Testament

Neues Testament